m

阅读之前 没有真相

午夜文库

七个证人

[日] 西村京太郎 著
穆迪 译

新 星 出 版 社　NEW STAR PRESS

1	序　章	私设法庭
35	第一章	第一份证词
51	第二章	第二份证词
75	第三章	第三份证词
101	第四章	第四份证词
129	第五章	新一起凶杀
145	第六章	继续
171	第七章	疑虑
205	第八章	第三起凶案
233	第九章	判决

序 章 私设法庭

1

如今这个世道,谁也不能保证刑警就肯定不会遭到劫持,尤其是刑警穿便装的时候。

凌晨两点多,警视厅搜查一课的十津川警部下了出租车,正沿着黑漆漆的小巷往自己家里走的时候,突然被人从背后用钝器击打后脑,当场昏迷倒地。

大意了。总算解决掉一起拖了两个星期的疑难案件,精神松懈下来,身体疲倦不堪,种种恶劣条件叠加在一起,可这些不足以为自己辩解。

在失去意识的那一瞬间,十津川想到了刚拿到的工资袋。他一心以为遇上了见财起意的劫匪。

十津川几乎每个月都会梦到自己的幼年时期。他不知道为什么。如果有个精神分析医师,大概会给出什么有见地的解释,不过十津川自己并不明白原因。

这个时候也是,他晕过去之后又回到了自己的童年。那时他在上小学高年级,因为忘了带东西要回去取,正在拼命往家跑。这个场景没完没了地持续下去,不管他怎么跑也跑不到家。他冷汗直流,双腿如同灌了铅一样沉重。他好不容易抬起一条腿,再抬起另一条,连滚带爬地往前走。突然,前方出现一条大蛇,蛇皮湿滑黏腻。一条蛇变成两条,又变成三条。

(我正在做梦。)

梦中的十津川突然想。他掐掐自己的脸,又试图动弹身体,努力想让自己从梦中醒过来,可手脚感觉麻痹,甚至连指尖都无法动一动。这是梦中梦。两个梦交错在一起,剧烈的头痛和反胃感向他袭来——

十津川睁开了眼睛。头痛和反胃的感觉从梦中延续到了现实世界。

他皱起眉,闻到一股让人很不舒服的气味。之所以会觉得反胃,似乎是因为这个味道作怪。

(这是三氯甲烷的味道)

看来把十津川打昏过去的那个家伙办事倒是一丝不苟,在他昏倒之后还不忘给他闻三氯甲烷。

他眨了眨眼,四下张望。他的后脑仍在阵阵作痛,眼里看到的是粗糙的毛坯墙。这是一间有十榻榻米[①]左右的房间,没摆放任何家具,仅有一个光秃秃的灯泡吊在天花板上。那盏六十瓦的灯泡此刻没亮,春日柔和的阳光从窗口射入房间里。

十津川看了一眼手表,数码手表的数字显示为"9:36"。他昏过去了七个多小时。

十津川摇摇晃晃地站起来,感觉就像严重宿醉,极不舒服。他从口袋里找到香烟,掏出一根叼在嘴上,用一百日元一个的简易打火机点燃。内袋里的钱包还有警察证都没有丢失。

(看来不是抢劫。)

[①]面积单位,一榻榻米约为一点六二平方米。——译注

可若不是抢劫,那到底是什么人,为了什么要袭击他呢?

另外,这里到底是哪儿呢?

十津川往房门口走去,试着握住门把手转了转。虽说他心想自己说不定被关了起来,可不料轻而易举就把门向外推开了。

十津川带着遭到了戏弄的心情走出房门。

他看到一个穿夹克衫的年轻男子倒在水泥过道上。那是一个大概二十岁,或者更年轻的青年。

他蹲下来嘴里叫着"喂",晃了晃男子的身体。年轻人发出呻吟声,睁开了眼睛。

一开始他的目光似乎无法聚焦,眼神迷离地看着十津川,可轻轻摇了摇头之后,他猛地"啊"地大叫一声:"是你打的我吧!"

"不,不是我。我也是昨天晚上被人从背后打昏,醒过来就已经在这儿了。"

十津川掏出警察证给对方看。

年轻人苍白的脸上浮现出安心的神色。

"你是警察啊。"

"你呢?"

"我叫山口博之。正在复读第二年。"

他说完换上一副要哭的表情到处看。

"我的眼镜呢?"

"你的外套口袋是鼓的,眼镜是不是放在口袋里了?"

"哦,在这儿。"

山口博之戴上了那副度数看似挺高的黑框眼镜,可马上又歪着头说道:"奇怪了。我被打倒在地的时候,眼镜应该飞了出去啊,可为什么会在口袋里呢?"

"也许是歹徒放的。"

"他为什么要这么做？"

"我不知道，不过打晕我还有你似乎不是为了抢钱，而是为了把我们弄到这里来。"

"这是哪儿啊？"

山口站起来，眨着眼睛四下打量。

"那是电影的户外布景吧。"

他露出一个少年应有的明朗笑容。

的确，山口所指的前方，无论怎么看都像是电影的户外布景。

一条水泥路的前方杂乱无章地排着几栋房子，十字路口有红绿灯，三层高的楼房上设有霓虹广告灯。可除了这些房子之外，便是杂草繁茂的野地。

马路也半路消失在了杂草中。

但是又感觉跟户外布景有点儿不一样。

电影的户外布景会把正面的马路建得像模像样，可绕到后面去却什么都没有，都是用支柱撑着的。可此刻眼前的几栋房子，每一栋都完整无缺。

明明没有行驶的车辆，十字路口的红绿灯却毫无意义地亮了又灭，不断反复。

马路两边各停着一辆车，可听不到人声或其他动静。这里与其说是户外布景，倒不如说是一座死城更贴切。感觉就像是把城市的一角切割下来放到了这儿。

"去看看吧。"

十津川说。

2

是什么人，又是为了什么，建造了这些东西呢？

成片的杂草之上有菜粉蝶在飞来飞去。有人在这杂草荒原中修了一条路，装上红绿灯，建起水泥楼房及木造房屋。

从十字路口红绿灯的位置一路过来，马路两侧有一排房子。

首先是一栋砂浆外墙的木房子，那是一间小酒吧，关闭的店门上写着店名"罗曼蒂克"，并且装有英文字母的霓虹灯招牌。

这家店对面，隔着约八米宽的马路有一栋三层高的楼房。一楼的铁闸门紧闭，上面写着"田岛仓库"。

"怪事哎！"山口用高八度的声音说。

"怎么了？"

"这儿是我住的地方。"

山口指着楼房的三楼其中一扇面向马路的窗户。

"你住的地方？"

十津川看着年轻人的脸。

"是啊。这栋楼一楼是仓库，二楼和三楼是出租公寓。那里是我的房间。"

山口领着十津川到了楼房后门。

正如他所说，后面有个写着"中央天空公寓"的入口。沿着昏暗的楼梯爬上三楼，一上去第一间房门外就挂着"山口"的门牌。

"看，这是我的房间。"山口对十津川笑了笑，可马上又苍白着脸说，"可这公寓怎么会建在这种地方呢？"

"总之先进屋里看看吧。"

"哎，不过——"

"总不会冒出来什么鬼怪吧。"

十津川笑着打开了门。

六块榻榻米大小的单人间里有厨房和浴室，是一屋一厨的格局。

房间里有一张桌子对墙摆着，桌子上放着书架和音响等。

"确实是你的房间？"

"嗯。不过也有稍微不一样的地方。"

"哪儿不一样？"

"这里的榻榻米新一点儿，那台音响也是新的。十四英寸的彩色电视倒是跟我家一样，可配了录像机。我可没有这么贵的东西。"

"这儿是你一个人租的吗？"

"嗯。我在北海道的爸妈给我租的，说为了方便我去上补习班。一开始跟我姐姐一起住，不过一年半前我姐结婚之后就是我一个人住了。"

"你抽烟？"

十津川用下巴示意桌子上的烟灰缸和放在旁边的七星烟。山口"嗯"了一声点点头。

"看书看累了的时候就想抽一根。那个烟灰缸也跟我的一样。"

山口似乎让自己的话勾起了烟瘾，他从外套的口袋里掏出一盒七星烟。

十津川走到窗边，向下看着马路。

宽约八米的铺装道路有一百来米长。路边还竖着几根电线杆，尽管拉了电线，可电线在路到头的地方断开了。

马路这一边停着一辆金属银色的Skyline，对面停着一辆栗色的本田思域。

聊胜于无的狭窄人行道上，立着大甩卖之类的牌子。

突然，停在他视线下方的Skyline的车门打开，一个中年男人从驾驶座里跌出来。男人勉力起身，可还没站稳，又摇摇晃晃跌坐在地上。

十津川冲出房间，飞快跑下昏暗的楼梯。

他刚走近那辆车，蜷缩在路上的男人就满眼惶恐地回头看过来。

男人有三十五六岁，感觉像是个白领精英。他穿着板正的西装，系着领带，可大概是刚才跌倒的时候让西装沾上了泥。

"我不是坏人。"十津川对他说道。

然而男人并没放松警惕。直到十津川出示了警察证，他才终于放下戒备，取出一张名片递给十津川。

中央银行N分行副行长　冈村精一

说起中央银行，那是一家全国屈指可数的大银行。大概因为如此，递名片的时候，冈村的脸上似乎略有得意之色。

"这里是哪儿？"冈村捂着后脑问十津川。

"我也不知道。副驾上的是您太太吗？"

"副驾?"冈村一脸惊讶地向车内望去,然后说,"千田——"

"是您女朋友?"

"不,她是跟我在同一家银行工作的女员工,叫千田美知子。可我不知道她为什么会在副驾上。我是一个人的时候遇袭的。"

"那就是把你们分别弄晕之后放到同一辆车上的。"

"谁?"

"歹徒。"

"为了什么?"

"谁知道呢。"

十津川上身探进车里看向副驾。

那是一个二十七八岁的漂亮女人。米白色的裙子很衬她白净的脸,身旁放着古驰的手提包。

"她死了吗?"

冈村在十津川身后惴惴不安地问。

"不,她只是晕过去了,大概过一会儿就能醒过来。"

十津川站直了身子。

冈村似乎很焦躁:"得赶紧报警抓住歹徒。"

"哪儿有电话?"

"啊?"

"请你好好看一下周围。"

冈村似乎这才注意到,他脸色变了。

"这到底是……"

"是歹徒的恶作剧。只是不知道为了什么。"

"我先开车去前面看看。"

说着，冈村就坐到了驾驶座上，正要打火，又叹息着轻轻摇头："没油。"

"这是您的车吗？"

"嗯，这是我的 Skyline GT——不，或许不是。"

冈村慌忙下车，绕到车头看了看车牌。

"不，这不是我的车。虽然是相同颜色的 Skyline GT。"

"您对这周围的房子有印象吗？"

让十津川一问，冈村默默地环视了一圈。

"这儿好像是千田家附近——"

"是副驾上的女士？"

"嗯，跟我之前开车送她回家时看到的街道景色很相似。那家店的后面应该就是她家——"

冈村指着公寓楼对面的水果店。店门关着，后面杂草丛生。

"您自己的家呢？"

"我家在神奈川县的茅崎。"

冈村说他家在海边。

十津川又点了一根烟。

"我们来调查一下这儿是什么地方吧。"

"怎么调查？"

"当然是靠这双腿啦。"

十津川微笑道："要不我也一起去吧？"

"不，您最好陪在这位女士身边。一旦查明什么情况我就会回来。"

"这里只有我们几个吗？"

"还有一个准备考大学的小伙子。他跟我们一样，被人打晕后吸入三氯甲烷，然后被带到了这里。"

十津川沿路往西边走去。他往栗色的本田思域车里看了看，里面没人。

除了名为"罗曼蒂克"的酒吧、三层楼的公寓、水果店之外，还有中式面店、洋货店、面包店以及米店共四间店铺。可每间店都关着门。

走到了路的尽头，再往前是杂草丛生的荒野。

十津川向前方一座小山丘大步走去，中途被人叫住了。他回头一看，是复读两年的山口少年追了过来。他大口喘着气，跟十津川并肩后说："我把公寓其他的房间都看了一遍，虽然每个房间都有房门，可里面是空的。只有我的房间是完整的。"

"哦？"

"这是什么人干的，他打算干吗啊？"

山口重复着同样的问题。这个问题此刻的十津川也答不上来。

"接下来我就要找出这个问题的答案。你见到车里那两个人了？"

"我从后门出来的，没注意。他们也是被打晕后，昏迷之中被弄到这里来的？"

"他们是这么说的。"

两人走到了那座小山丘。

眼前是成片的野生映山红。虽然还没开花，但等到了五月花期，景色一定非常漂亮。

"刑警先生。"

山口戳了戳十津川的侧腰。

"怎么了？"

"我好像听到了海浪的声音。"

"噢，那的确是海潮声。"

两个人穿过大片的映山红，朝海浪声传来的方向走去。

他们看到几座长满青苔的墓碑建在一起，往前有一片赤松小树林。海浪声逐渐大了起来，飘来海潮的味道。穿过低矮的赤松林，眼前出现一片蔚蓝的大海。

"是海。"山口叫道。

几米高的断崖绝壁耸立在海边，悬崖正下方在海浪的拍打下激起巨大的浪花。

海面闪着耀眼的光。十津川眯起眼睛望过去，大海无边无际，看不到对岸，也看不到船只。

"这儿是某个地方的岛吧？"山口望着地平线问十津川。到底是年轻，他的声音里在不安之中还夹杂着好奇。

"有可能。如果是岛的话，应该有码头。毕竟那么多建材得靠船运过来。"

十津川心想码头说不定会有船，自己、这个小伙子，还有车里那两个人肯定也是用船运过来的。总不可能是直升机吧？

十津川决定沿着海岸线走走。

耳边只能听到海浪声。

平地上到处都生着茂密的杂草，没有一处像路的地方。想想刚才那些颇有年头的墓碑，过去这一带应该也曾有人居住，只是路的痕迹已经消失了。也许杂草的生命力就是如此顽强。

走了五六分钟，眼前出现一条小河。码头是水泥砌的，很明显曾用来泊船。可他们走下陡峭的斜坡，从小河的一头走到另一头，也没找到船。有一栋像是看守用的小屋，可看上去已经长时间没人用过，在风吹雨打下已经破旧不堪。

小河的水清澈透亮，河中有长约二十厘米的鱼群在游动。

这要是平时的话,爱好钓鱼的十津川会坐在码头上眺望,可他现在没那份闲心,因为他不知道把他带到这里来的人意欲何为。

"趴下!"

十津川突然大喝一声,把山口的身体撞到破旧的小屋遮挡处,自己也当场趴了下来。

"怎么了?"山口扶正差点儿掉落的眼镜,噘起嘴问。

"对面的海角上有东西闪了一下。"

"什么东西?"

"谁知道呢。不过那如果是步枪瞄准镜的话,不管是我还是你肯定都逃不掉。"

"真的吗?"

"如果是步枪的话。"

十津川定睛仔细看了看后说:"好像不是。"

他说着站了起来。

"那是什么?"

"不知道。好像是相机的镜头。"

"那就是说对面海角有人?"

"嗯,有人。"

"是把我们弄来这里的人吗?"

"可能是。也可能是像我们一样被弄来这里的人。去会会他吧。"

"不会有事吗?"

"有什么事?"

"不会被杀吗?"

"你要是怕这个,那就只能坐以待毙了。"

十津川轻轻拍了拍小伙子的肩膀,向三十米开外凸出一块的海角走去。想想看，歹徒要是想杀他们，在十津川他们昏迷的时候应该就已经下手了。

他们用力踩着全是礁石的斜坡一步一步往上爬，冷不丁海角上冒出一个人影。

那是一个二十七八岁的男人，身穿猎装夹克，身上挂着两台相机。刚才反光的就是那相机的镜头。

男人站在原地等待十津川和山口走近。

"是不是你把我们弄来这里的？"十津川问道。

男人摇了摇头。

"开什么玩笑。我昨天不知道被什么人打晕过去。醒来发现自己睡在那边那辆本田思域的驾驶座上。"

"你叫什么名字？"

"滨野光彦。我是自由摄影师——不是妇产科①的，是社会科的。"

"那辆本田思域是你的车？"

"不是。"说完这句话，滨野光彦像是累了，就近找了块石头坐下来。"我的车也是栗色的思域，不过不是同一辆车。"

"那你在这儿干什么呢？"

"你光不停地问我，那你到底是谁？"

"我叫十津川，是警视厅搜查一课的刑警。"

"哦？"

"为什么会被弄来这里，你有什么头绪吗？"

"我只能想到一点。"

"哦？"

---

① 日本很多妇产医院会雇用摄影师在医院内拍摄孕妇照及新生儿照等。——译注

"那栋楼和马路我有印象,很像是我一年前的晚上开车经过,目击了凶杀现场的那条路。"

"啊!"

山口在十津川旁边叫了一声。

"你好像也想起来了?"

十津川回过头,看到山口眼中放光。

"是啊。一年前的晚上,我正在复习,无意往窗外一看,看到楼下路上有人被杀害。我还出庭做证了呢。"

"当时出了什么事?"

"两个人在酒吧里酒后发生口角,一个年轻男人杀害了一个中年职员。"滨野冷静地说。

"你也出庭做证了?"

"嗯。因为我拍的照片登在了报上。我拍下了关键的瞬间,获得了去年的新闻摄影照片奖。"

滨野骄傲地抽动了一下鼻子。

十津川想了起来。虽然不是他负责的,但一年前确实发生过这两个人说的案件。

地点是在世田谷。行凶的青年高举利刃正要刺下的照片登在报纸上,那是一起颇受议论的凶杀案。

"那一男一女是不是也跟案件有关系呢?"

"你说 Skyline GT 里的那一对儿?"

滨野点点头。

"他们两个人应该也是证人。我记得在法庭上见过。还有其他的证人。"

"那你知道这是哪儿吗?"

"我走了一圈,发现这是一个小岛。四周全是海,完全不知道是哪一带的岛、到其他岛屿或者陆地有多远。"

"船呢?"

"我想把我们带到这里来应该有一艘船,可没找到。"

"这里是孤岛吗?"

"谁知道呢,大概差不多吧。要是不知道到陆地还有多远,也不能游泳离开。"

"那该怎么办呢?"

山口少年看着十津川。

"再回那边去看看吧。也许能有所发现。"

3

昏迷在Skyline GT副驾驶上那个叫千田美知子的女人也已经清醒了过来。

十津川跟他们两个人说起一年前的案件,他们"啊"了一声互相看着。

"我们的确也是那起案件的证人。"冈村皱起了眉,"不过那是一年前的案件吧。我们为什么要为此被弄到这鬼地方来?真要命,今明两天我都有重要的会议。"

"你们刚才是说凶手从酒吧出来后行凶?"

十津川换上刑警的面孔,看着摄影师滨野。

"嗯。据说凶手和受害人同在那边那家叫'罗曼蒂克'的酒吧里喝酒。"

听滨野说完,十津川向眼前那家小酒吧走过去。

这时,酒吧的门突然打开,一个小个子的老人脚步踉跄,跌跌撞撞地走了出来。十津川用粗壮的手腕撑住了老人摇摇欲坠的身体。

"你没事吧?"

"里面——"

"里面有人吗?"

"嗯，她——"

老人声音嘶哑。确切地说，他可能还不算老人，只是初老，年纪大概刚到六十岁。

十津川把他交给滨野等人，自己推开门进入酒吧。这是一家小酒吧，吧台前摆着六张高脚椅。一个三十五六岁的女人面朝下趴在吧台上。

见她穿着和服，化着相当浓的妆，十津川猜测她应该是这家酒吧的老板娘。他把手搭在她的肩上轻轻摇了摇，女人发出微微的呻吟声，猛地睁开眼睛。

等她清醒过来，十津川跟她交谈后得知果真是这家酒吧的老板娘，名字叫三根文子，三十七岁。

"我记得你说的那起凶杀案。"

文子一边抱怨头疼，一边回答了十津川的问题。

"在我这儿喝酒的客人离开之后还在路上继续争吵，年轻的那位杀了人。当时把我吓坏了。"

"另外那个人是不是也被叫去出庭做证了？"

十津川用下巴示意酒吧外边。

"他也在这里吗？"

"我不知道是不是那个人，是个六十岁左右的男人。"

"那就是小林了。"

"他是一起出庭做证的人吗？"

"嗯。他是我们店的客人，看到了那两个人争吵。然后我们一起成了证人。"

"你还记得证人总共有多少人吗？"

"算上我应该是七个人。"

"七个人啊。"

一个、两个，十津川在心里算了一下。

"差一个人啊。"

"差谁呀？是不是那个复读生？"

"不。他在这里。还有一个摄影师，和开车经过的一男一女。"

"那就是水果店的老太太了。"

"是挨着这家酒吧的水果店吗？"

"是。是一家叫安藤的水果店。那家店里的老太太叫安藤常，她也被叫去做证了。"

"她是凶案的目击者吗？"

"嗯，我想是的。不过那个老太太很乖僻，我没怎么跟她说过话。她好像也挺看不起我的。"

"哦。"

"刑警同志。"

"怎么了？"

"这真的不是我的店吗？跟我的店一模一样啊。"

"你出去看看就能明白。而且你仔细看看墙上的日历。"

"那是客人送的日历。"

"那是去年的日历。"

"啊？"

文子眨了眨眼，重又看向挂在墙上的日历。这工夫十津川已经离开，他沿着狭窄的人行道向安藤水果店走去。山口和摄影师滨野跟了过来。

水果店的木板护窗关着。十津川打开其中一扇，进入里面。他在昏暗的房间中找到电灯开关试着按了一下，似乎从不知什么地方在供电，灯亮了。

店里摆着水果及水果罐头,连价钱都标得清清楚楚。走到最里面有一间六榻榻米大的房间,房间里一个瘦小的老太太倒在地上。她应该是那位叫安藤常的老太太。过了五六分钟后,六十九岁的安藤常醒了过来。

他们挨家挨户把别的房子也查看了一番,可没有一个人影。只有一年前凶杀案的七位证人和十津川八个人不知道被什么人弄到了这座孤岛上。

众人像是说好了一样聚集到了马路上。他们又一次对自己此刻身处之地的怪异感到又惊又疑。

十津川站在离他们七个人稍远处望着三层高的楼房及按一定频率不断变换的红绿灯。要把钢铁等建筑材料及水泥之类的东西运到这座无人岛上应该是困难至极的工程。那应该需要极大的人力物力和庞大的资金,还要有极强的意志。

这个人是谁?他为了什么要打造出如此庞大的工程呢?

既然七位证人齐聚于此,那他应该跟一年前的凶杀案有关,这任谁都能推测出来。但是既不知道他的目的为何,也猜不出跟案件无关的十津川也被弄来的理由。

关于去年的凶杀案,十津川想向那七个人问些详细情况。刚走到他们近旁的时候,精英白领冈村说:"我可不能在这鬼地方像个没头苍蝇一样乱转。我有个会要开。"

他说着跟刚才一样的话:"没什么办法离开这里吗?"

说着,他看向摄影师滨野。

滨野对着四周的景色接连按下快门之后说:"够呛。这里是座孤岛,又没有船,压根儿没办法逃走。游泳?但是不知道要游多远才能找到陆地,搞不好白白淹死。"

"也没办法跟外界联系吗?比如烧一堆火,让人知道我们在这座岛上。"

"刚才我也一直在想这个，可那根本没用。这里既没有飞机飞过，也没有船会从附近经过的迹象。也就是说，这座岛在远离飞机及船只航线的地方，所以我想根本没用。"

"但是我还要工作啊。我必须出席今天和明天的干部会议。"

冈村焦急地说完，滨野语带嘲讽地讥笑道："你最好暂时忘了公司的事情。搞不好我们都会被杀掉。"

"你说我们会被杀？"酒吧老板娘三根文子不由自主地提高了声调说道。

"是啊。有人把我们弄晕，带到这里来。那家伙要是想杀我们，随时可以下手。"

"可他没杀我们啊。"

"是。不过啊，他说不定是想把我们丢在这座偏远的小岛上，让我们慢慢饿死。总之，我们的生死掌握在那个人手中。"

"你好像挺乐在其中的？"

文子的眼睛里明显有着对滨野谴责的神色。

"只有你拿着相机对我们拍个不停，又到处打探、做笔记，看着挺开心的。莫不是你把我们弄到这里来的？"

"开什么玩笑。我是摄影师，我的工作就是把社会的动向收录到这台相机里。这次这件怪异的事情我也想记录下来，所以才到处拍，仅此而已。"

"有没有什么吃的？"

山口说了这么一句不紧不慢的话。也许在这个十九岁少年的心里，饥饿感远比危机感来得迫切。

"那家水果店里有水果，要多少有多少。"滨野指着水果店说。

山口点点头正要往那边走，水果店的安藤常镜片后面细细的眼睛狠狠剜了山口一眼："你吃倒是行，但请你付钱。"

"付什么钱？那又不真是你的店，不管吃多少，你也不会有损失。"

"可那就是我的店。你要吃的话就要给钱。"

"跟这老太婆说不清楚。"

山口啐了一声。

见山口如此，文子对他说："到我店里来吧。说不定有什么能吃的。"

她发出了邀请。

也有人说口渴，于是除了安藤常以外的六个人鱼贯走进"罗曼蒂克"酒吧。

十津川也跟他们一起进去了。

叫小林启作的那个老人一看就知道是这里的常客，他一进来就坐到了高脚椅上。而其他人站在原地，在并不大的店内四下张望。

"请坐。"

文子招呼着众人。在她的意识里，似乎把自己真正的店和这家仿造出来的店混为一谈了。 二者大概就是如此相似吧。

文子走到吧台后面，打开了冰箱。

"哎呀，冰箱里的东西跟我自己那家店一样呢。"她似乎很意外，又似乎挺高兴地说。

经文子之手，桌子上摆上了兑水威士忌及可乐等饮品。她还烧了开水，给饥肠辘辘的山口泡了一碗方便面。

所有人并没有马上动手取用。毕竟这个情形下，大家似乎都在怀疑里面有没有毒。然而他们好像抵不过口渴与腹中饥饿，待一个人把杯子端到嘴边，所有人便都伸出了手。

"要不要把那个老太太也叫过来？"

喝了一口可乐之后，刚才一直默不作声的千田美知子仿佛对着空气说了这么一句。

文子摆着手说"行啊"。

"那老太太在这一带出了名的难缠。他家儿媳妇总是被她弄哭。对了，发生那起凶杀案的时候也是，儿媳妇跟老太太吵架回娘家了，她男人出门去接她，剩老太太一个人看店。"

"说到那起案件啊，"十津川总算找到了由头跟在场的六名男女说，"能不能跟我说说详情呢？"

十津川的话让六个人齐齐看向他，可没有人马上回答。发丝斑白的小林启作努了努嘴。

"别管以前的案件了，你倒是想想办法怎么带我们离开这里。你毕竟是刑警啊。"

"我的确是刑警，可只凭我一人之力带各位逃离这座岛，现阶段不太可能。"

十津川露出一个苦笑。

小林喋喋不休道："刑警首要的工作不是应该保护我们这些市民的安全吗？现在我们被带到了一座不知道在哪里的岛上，人身安全受到了威胁。不是吗？"

"的确如此。"

"那你不想办法做点什么吗？别在这地方四平八稳地待着，你不能去岛上到处查看一下，想想离开的办法吗？"

小林的话语仿佛带着刺，让人感到他的焦躁不安。冈村也趁势附和道："我也有同感。你要是不尽快带我们回东京，麻烦就大了。"

"因此，我想了解一年前案件的细节。"

"都是那么久之前的事了,那无关紧要吧。只要知道怎么离开就够了,你快想想办法。"

"这个——"

就在十津川要说下去的时候,滨野突然按下了相机的快门,大概是觉得身为刑警的十津川跟小林的对话很有意思。此举让向来温厚的十津川也一时有火,他瞪了滨野一眼。他不是文子,可也忍不住想会不会是这个摄影师为了拍到有意思的新闻照片才搞出这场恶作剧的。

"刑警同志,"坐在最边上的山口对十津川说,"这里有报纸,我仔细一看,发现是去年的。上面登了案件的事情哦。"

十津川接过那张报纸。确实如山口所说,那是去年的报纸,社会版面上登载了正好一年前发生的凶杀案。

"真的是去年的报纸吗?"

文子从吧台里面瞧过来。另外四个人也看向十津川手中的报纸,可不知为何都默然不语。

十津川心中暗暗佩服歹徒的厉害,会专门把去年的报纸放在这里。他看了一遍那篇新闻。

上面有两张面部照片。

一个是受害人的,另一个是加害人的。

受害人的名字叫木下诚一郎,三十七岁。加害方是一个二十一岁的青年,名字叫佐伯信夫。

如果新闻报道属实,佐伯信夫正在"罗曼蒂克"酒吧喝酒的时候,跟同在这里喝酒的木下诚一郎为一点小事发生口角。当时在老板娘文子的调解下场面得到了控制,可离开酒吧之后,佐伯信夫的怒火又烧了起来,他在马路上一处昏暗的地方追上了木下诚一郎并与其纠缠,用手里一把刀刃约有十五厘米长的刀从背后将其刺死。

这就是整个案件的始末。光凭报纸的描述给人感觉事情就是这样，负责这起案件的警察以及法院似乎也这么认为，所以这个叫佐伯信夫的二十一岁青年被判有罪。

报纸上还写了佐伯信夫是个怎样的青年。

无业，有一次前科（抢劫），无固定居所。

仅仅如此，介绍短得可怜。而且这短短的一句话大概给人造成一种决定性的印象，或者说先入为主的观念。这些经历行为都符合一个杀人犯的角色。

与之正相反，受害人木下诚一郎的简历则很出色。

太阳物产第三营业课长。家中有一妻一女。妻子讶子（三十二岁），长女小惠（四岁）。

说到太阳物产，那是一家大型商社。年仅三十七岁就能当上太阳物产的营业课长，这个人走的肯定是精英之路。他的妻子多半也是上过大学的千金小姐，孩子应该也很聪明伶俐。也就是说，这是理想的一家人。

十津川心想，竟然会有对比如此鲜明的两个人，这也算少见了。

佐伯像足了加害者，而木下像足了受害者。就算是不知道这起案件的人，看到这两个人的照片，又读了他们的简历，十有八九都会认为佐伯是凶手，木下是受害人。

"这个叫佐伯的男人后来被判了多少年？"十津川的视线从

报纸上抬起来，问道。

"应该是九年吧。"山口眼神飘忽地答道。

4

五点一过，整座岛迅速陷入暮色之中。至此为止，十津川和一行证人并非只是待在酒吧吃吃喝喝消磨时间。除了水果店的安藤常没有要行动的意思，其他人都分头在岛上四下查看，寻找脱困的方法。可等他们再次会集到"罗曼蒂克"酒吧门前的时候，他们脸上浮现出的只有疲倦和灰心的神色。这座岛的周边只有无边无际蔚蓝的大海，看不到对岸，触目所及之处也没有航行经过近处的船只。有的证人露出绝望的表情，生怕就这样饿死在这座不知位于何处的岛上，以为这就是把他们这些人弄到这里的目的。而关于这一点，十津川持不同见解。

如果歹徒的目的是把他们饿死，那他大可不必投入大量金钱特意打造出街道一角，而且大概也不会准备好食物和饮品。歹徒大概另有目的，但他无从想象。

夜色渐浓，路灯亮了起来。

总共有六盏路灯，马路两侧分别立着三盏，其中一盏没亮，可十津川没来由地觉得那不是碰巧坏了。把十津川等人请来的主人是个细致入微的人，他所做的不仅仅是在孤岛上打造出一条跟现实一模一样的街道。"罗曼蒂克"酒吧里挂着去年的日历，放着报道去年凶杀案的报纸，这些肯定全都是经过计划的。

那么，那盏坏了的路灯应该也在歹徒的算计之中。

"去年发生凶杀案的时候，是不是有一盏路灯坏了？"

十津川问了山口一声。闻言，这个高高瘦瘦，额头上有青春痘的小伙子歪头思索。

"可能是吧。因为凶杀正好就发生在那块儿，有点儿暗。"他说道。

果然，十津川想。歹徒要把一年前凶杀案发生时的情景完完全全再现出来。

随着夜越来越深，身上开始感到寒意。毕竟是三月底，这点儿冷应该很正常。

抬头一看，圆圆的月亮出来了。那十足是春天的月亮，看起来朦朦胧胧的像是笼了一层雾色。

一干证人又聚到了"罗曼蒂克"酒吧里。毕竟外边很冷，又没有别的地方可去。水果店的安藤常这次也跟他们在一起，大概是到了晚上，她不敢自己孤零零一个人待着。

每一个人都带着被困孤岛的情绪，沉默寡言。冈村边喝着兑水威士忌边嘟嘟囔囔地抱怨着，千田美知子刻意在远离冈村的椅子上坐下，时不时叹口气。

小林启作一根接一根地抽着烟。这个初老的男人是十津川最看不透的一个人。他身形瘦小，面容平凡，在公司里肯定也是放到哪儿都不起眼。给他的感觉是这样一个男人因成了凶杀案的证人而被强行带到孤岛上来，正陷入茫然之中。

山口从自己的房间，确切地说，是从跟自己的房间非常相似的房间抱来了一堆漫画，正在店里的一个角落翻看。他说他复读第二年，但看不出他在为这事儿烦心。他大概是在父母的宠溺下长大的。

安藤常没坐到吧台边，而是特意从自己的店里搬来一把小木凳，独自坐在上面，十足一副顽固老太太的样子。文子说她没完没了地跟儿媳妇吵架，十津川觉得能理解。跟这个老太太住在一起估计很不容易。

白天不停到处拍照的滨野到了晚上估计也累了，或者是跟其他证人一样受到不安的侵袭，他把相机放在一旁，默默地喝着威士忌。看样子他酒量不错，到现在已经喝了五六杯兑水威士忌，可全然不见他有一丁点儿醉意。

十津川看了一眼手表，已经十一点多了。根据当时的报道，发生凶杀案的时间正好是一年前的凌晨零点三十分。

（等到了这个时间，是不是会发生什么事呢？）

就在十津川这样想的时候，突然从酒吧后方传来"砰"的一声巨大枪响，空气仿佛被撕裂开了。

十津川条件反射地把手伸向衣服内袋，这才想起他把手枪留在了警署。其他人都怔住了，不约而同互相看着，然后战战兢兢地透过窗户看向马路。

十津川从酒吧出来到了外边。像是受到他的行为鼓舞，七名证人也跟在他身后鱼贯而出，到了马路上。

他们看见唯一一盏熄灭的路灯下面有一个人影。

人影缓缓地向他们走来。那是一个手里拿着猎枪的男人。尽管是位老人，但身形高大健壮，裹在皮革外套之下的身体散发出精悍的感觉。

"嘿，各位。"男人举着枪，在马路正中站住，对十津川等人说道。他的声音粗犷而低沉。

"是你把我们弄到这里来的吧？"十津川问道。

"答案是 yes。"

"为什么？"

"因为我是一年前的凶杀案中被判有罪的佐伯信夫的父亲。"

"你是他父亲？"冈村从十津川背后只探出一个头来问对方，"我听说凶手是他母亲一个人带大的。他母亲死了之后就堕落了。"

"我十八年前跟那个女人分开了。那个女人就是你现在说是凶手的佐伯信夫的母亲。我们分开的原因有很多，但我跟妻子的年龄差距是最大的理由。那个时候我已经四十六岁了，可我的妻子才刚满二十六岁。那个时候，信夫四岁，是跟我血脉相连的亲生儿子。分开之后，我去了巴西，也算是取得了成功。尽管只是一个小小的牧场，但我也当上了牧场主。等我回到阔别十八年的日本，却发现跟我血脉相连的信夫成了杀人犯。"

"你因此感到愤怒，所以把我们弄来这里，要用那把枪杀掉我们吗？"冈村苍白着脸问道。他的声音在颤抖。

对方低头看了看自己手中的猎枪。

"我不会杀你们。"男人说道，"我只是为了赎我十八年来一直对信夫不管不问的罪，想为他做点儿什么。这是我身为父亲的赎罪行为。为此我卖掉了巴西的牧场，用卖牧场所得的钱在这座岛上建造了这些东西。"

"要是赎罪的话，还有别的办法吧。"

跟他差不多同龄的小林启作皱起脸看着男人。

"我没记错的话，你儿子的刑期应该是九年。他很年轻，只有二十一岁，出来不也才三十岁吗？等他出狱之后你再好好照顾他不行吗？或者干脆把他带去巴西不也很好吗？"

"我也觉得那样才好。"冈村也说。

男人的表情凝重起来。

"诸位不知道吗？"

"知道什么？"小林启作反问道。

男人用锐利的目光把小林的视线压了回去。

"诸位都是些不负责任的人。因为你们七个人的证词，我的儿子被送进了监狱。换言之，是你们把他送进去的。然而你们居然没有一个人知道我的儿子在监狱里病死了。你们这些人太可恶了。"

男人的话让七个证人面面相觑。

但是，只要不是格外凶残的犯人或者是有名的人，犯人在监狱里病死了又不会登在报纸上，因此案子的证人也不会留意。就算在场的七个人不知道也情有可原。就在十津川想要把这些话说出口的时候，男人又重复了一遍"你们这些人太可恶了"。

"我听闻我儿子不管是在审判的时候，还是在监狱里，都一直在喊冤。如今我儿子已经死了，我能为他做的，只有照他的主张，为他证明他是清白的。所以我把你们集中到了这里。"

"可是啊——这位……"

"我的名字是佐佐木，佐佐木勇造。"

"佐佐木先生。"冈村十足一副精英白领的派头，冷静地向对方说，"我们很同情你，可你的儿子是有罪的。我们的证词都是真的，连律师也没法反驳。"

"我儿子没有钱，指派给他的只能是没有工作热情又无能的律师。我回国之后看了审判记录，律师的无能让我瞠目结舌。那可以说是一场没有激情的辩护。如果有一个更有能力的律师，我儿子也许能判无罪。我想他病死的时候肯定也为此心有不甘。哪怕只是为了慰藉我儿子的在天之灵，我也要你们这些证人在这里把一年前目睹凶杀案发生过程的证词再说一次。如果我的儿子是无辜的，就是说你们的证词中有某处是错的，或者是有人做了伪证。"

"这不可能。我们每个人应该都如实做证了。"

"我们干吗说谎啊？"

"我只是把我见到的原原本本说了出来。"

冈村及文子、山口接连反驳，而佐佐木用冷冷的眼神注视着他们。

"做出判断的是我。"他大声说。

"那个，佐佐木先生。"十津川故意用轻松的声音向对方说。

佐佐木的视线投向了十津川。十津川向对方打了声招呼之后将一根烟叼在嘴上点燃。即便他认为佐佐木不至于真会开枪，可凡事没有绝对。在这种时候，最好抽根烟来稍微缓解一下剑拔弩张的气氛。

"我现在知道你为什么把这七名证人找来了，可为什么把我带到这里来呢？一年前的那起案件不是我负责的。"

"我正是知道这点，才把你找来的。"

"为什么？"

"其中一个原因是逮捕我儿子的刑警在办案的时候打心底认准了是我儿子干的。检察官也一样。而负责的律师刚才我也说了，他是个无能的人，事到如今叫他过来也无济于事。可我希望找一个有能力的见证人。我要是靠这把枪逼迫他们做出虚假证词，我死去的儿子大概也不会高兴。我想知道的是真相。如果我儿子是无辜的，那你们的证词就是错的。十津川警部，我希望你能仔细看清楚。你只要默默地看着就行。这七个人的证词之中是否有矛盾或谎言由我来判断。幸好，我孤身奔赴巴西的十八年间，历尽千辛万苦，学会了如何看破别人的谎言。"

"要是让你发现哪怕有一个人说了谎，你打算用那把枪把那个人杀掉？"

"这个嘛……"佐佐木的视线又落在自己手里拿着的猎枪上，"不到那个时候我也不知道。不过你们要牢牢记住，我是豁出命来了。如果有任何不配合我或要逃走的举动，我会毫不留情地开枪射杀。"

"你要是那么做了，你也会跟你儿子一样进监狱的。"

小林的声音在颤抖。

佐佐木晒得黝黑的脸上露出一丝轻笑。

"我为了死去的儿子，把十八年来辛辛苦苦打拼得来的东西全部变卖，尽数倾注到这个岛上。我已经一文不名，也没有家人。进监狱我也不怕。"

佐佐木的话让小林不再作声。

十津川依然叼着烟凝视佐佐木。即便十八年前就分开了，可若唯一的儿子不停喊冤死在了监狱里，那佐佐木的愤怒并非不能理解。在孤岛上建造一条跟发生凶杀案的地方完全相同的街道，这举动着实离奇，可对十八年来生活在巴西广阔大地上的老人而言，这也许并不算多么离奇的行为。

但是，不管前因后果为何，如果佐佐木要犯下杀人罪行，身为警察的十津川必须奋不顾身地阻止他。十津川看着佐佐木，心中暗暗有了定夺。

佐佐木把手表凑近路灯下看了看时间。

"那么，就请你们依次对一年前的凶杀案做证吧。"

第一章　第一份证词

被告人于三月二十六日晚十点四十分左右，独自进入位于A町三丁目十字路口附近的"罗曼蒂克"酒吧，喝的主要是兑水威士忌。其与偶然进入同一家酒吧的一名客人，太阳物产第三营业课课长木下诚一郎（三十七岁）发生口角，被告人从外套内袋中拿出一把刃长超过十五厘米的折叠刀恐吓对方，"罗曼蒂克"的老板娘三根文子（三十六岁）慌忙劝阻了二人。场面暂且得到了控制。可到了快到午夜零点的时候，木下诚一郎从酒吧离开后，被告人突然抓起放在吧台上的上述刀具，追在木下诚一郎身后冲出酒吧——

（节取自警方调查书）

1

十津川和七名证人被佐佐木拿枪指着,进入了"罗曼蒂克"酒吧。

佐佐木从胸前的口袋里拿出警方调查书的复印件,单挑出跟"罗曼蒂克"有关的部分读了出来。

"先从这里开始吧。请从我儿子进来的时候开始做证。老板娘三根文子,你去吧台后面。我儿子来的时候,你是在那儿吧?"

"嗯。"

文子答完话,走到吧台后面。她的脸紧绷着,这也是正常反应。

佐佐木的视线投向小林启作。

"在我儿子来之前,你应该已经在酒吧里了。"

"哦,是啊。"小林生硬地答道,"害我扯上凶杀案,真是天大的麻烦。我本来就忙,还要去警察那儿写调查书,又让我出庭做证。"

"我儿子因为你的证词,被判有罪,还死在了监狱里。"

"他杀了人,这是应有的报应。你是叫佐佐木来着?我跟你说,就算你拿猎枪威胁,我一年前的证词也不会变。"

"我没说要逼迫你们改证词。我只是要你们如实做证。"

"你是说我一年前说谎了?"

小林的眼里喷出怒火。是这位老人的性格本来就易怒,还是说他身处这种特殊情况下而变得神经过敏了呢?

十津川在店里的椅子上坐下,脑中思考着这些问题。

佐佐木叫来十津川这个局外人,此举可以说是正确的。十津川很冷静,对一年前的凶杀案又没有任何主观看法,实为最佳人选。因此,他可以从全新的视角观望整个案件的重现。

"小林先生。"佐佐木向瞪着自己的瘦小老人说道,"请你坐到当天晚上那张椅子上。"

"快照做。"

文子小声对小林讲。

小林轻轻哧了一声,然后坐到了文子对面。

"你点和那时一样的东西。"

佐佐木在吧台最边上坐下来发出指令。这场面像极了某个拍摄现场,现在的情况是佐佐木充当了导演。

"啤酒。"小林说。

文子把杯子放到小林面前,倒入啤酒。小林多少有些赌气,一口气把酒喝光。

"酒量真不错。"佐佐木把枪放在膝盖上,对小林说。

"不行吗?"

小林又瞪了回去。

"没什么不行的。但愿酒精能让你口齿伶俐起来,老老实实说出一切。你经常来这家酒吧吗?"

"这跟案件有什么关系?"

"要是不想死,就请正确地回答我的问题。"

佐佐木用上了冰冷而疏远的说话方式。小林的小眼睛里闪过恐惧之色。尽管他又是瞪对方，又是言语顶撞，可这个老人也许原本很胆小。

"好吧。因为这儿离我家很近，所以我经常来喝酒。"

"就是说你是常客了？"

"嗯。"

"顺便提一句，我事先请私家侦探对在场的七位做过调查，调查出来的资料都装在我的脑子里。小林先生，你去年四月年满六十岁退休，从干了三十二年的公司离职。离职金是七百五十万日元。作为工作了三十二年的回报，我觉得这价钱很低。"

"多管闲事。案件发生的时候，我还是不动产公司的员工，所以不管是我退休离职，还是离职金低，都跟案件没有关系。"

"也许是这样吧。可我追求资料的精准度。当一份证词摆在面前的时候，这份证词本身固然很重要，可做出证词的人自身也很重要。再者，六年前你的妻子先于你离世，你的独生女嫁到了北海道。你过着孤家寡人的生活。"

"嗯，是啊，所以我每天下班之后会来这家酒吧。有问题吗？"

"就当你五点下班，那你平时都是几点来的呢？"

"大概是六点半到七点之间。"

"那天晚上也是？"

"嗯。"

"但是事实是发生凶杀案的时间你还在酒吧里喝酒。你泡了五个小时？"

"我平时都是待上一两个小时就回去，那天晚上你儿子喝醉了，跟受害人木下诚一郎吵了起来，闹得都亮出了刀子。我担心老板娘一个人应付不来,就一直待着没走。"

"我知道了。接下来我想问问受害人来到酒吧时的情况。他比我儿子先来?"

"嗯,是的。"老板娘文子答道。

佐佐木的目光从小林移到文子身上。

"受害人是几点进来的?"

"应该是九点半左右。"

"他以前也来过吗?"

"没有。那天晚上他是第一次来。你要喝点什么吗,比如啤酒什么的?"

"不了,我不用。另外,受害人木下诚一郎是太阳物产第三营业课课长这样一个白领精英。我说这话可能会得罪你,不过这家酒吧不像白领精英们会光顾的地方。而且,木下诚一郎的家离这里相当远。可为什么那天晚上,受害人会来这间酒吧呢?"

"这我哪知道啊。我只是为上门的客人提供服务而已。"

"受害人是一个人来的吧?"

"嗯。"

"我可能会显得太较真,不过受害人那天晚上为什么要来这家酒吧呢?"

"这很要紧吗?"

"就是不知道,我才想了解一下。"

"他好像说是坐出租车经过,突然觉得口渴,就进来喝一杯。"小林把第二杯啤酒倒入喉咙后对佐佐木说。

"是这样吗,老板娘?"佐佐木向文子求证。

可她轻轻摇了摇头:"我不记得了。再说了,这事儿跟案件有什么关系啊？"

"那往下进行吧，受害人来了之后坐在了哪里？"

"那里。"

文子指着跟小林相隔一个座位的椅子。

"然后他点了什么呢？"

"兑水威士忌。"

"他喝酒的时候说了什么吗？"

"这个嘛，那个人不爱说话。他基本上没怎么开过口，只是喝酒。"

"小林先生，受害人也没跟你说过话吗？"

"嗯。我本身也不爱说话。就连他是太阳物产的白领精英这些都是出事之后看报纸知道的。"

2

佐佐木并没有马上问下一个问题,他目不转睛地注视着文子和小林,大概是在心中揣摩这两个人刚才的一番证词。

"下面终于要说到我的儿子了。根据警方的调查书,信夫进酒吧的时间是晚上十点四十分左右,这个时间没错吧?"

"要是调查书上是这么写的,那就是这个时间。因为是刑警问我,我告诉他的。"

文子说完,小林也点了点头。

"信夫当时坐在哪里?"

"他插到我和受害人之间坐下了。"说着小林用手拍了拍旁边的椅子,"他看上去好像在别的地方已经喝过酒了,呼吸中有酒味。"

"他在这儿喝了什么?"

"兑水威士忌。他的喝法就像往嗓子里倒一样,好像在生闷气。"

文子皱起眉说道。

"然后他跟受害人发生了口角?"

"嗯。"

"起因究竟是什么?"

"原因很无聊。一开始争论肩膀是不是碰到了，然后您儿子先发起火来骂人。骂着骂着，您儿子冷不丁从口袋里掏出一把刀，唰地一下就亮出了刀刃。那把刀可真不小。"

"是这把刀吧？"

佐佐木从口袋里掏出一把折叠刀放到吧台上，往文子和小林那边轻轻一滑。

文子登时退开一步，可接着又战战兢兢地伸出手抓起那把刀。

"嗯，就是这种刀。他拿着这东西挥舞，我慌忙上前制止了他。"

"你说他拿着这把刀挥舞，这充其量就是一种语言修辞吧。我倒是认为我儿子并没有真的挥舞这把刀。"

"这个嘛，要是真的拿刀挥舞，前去制止的我也会受伤的。"

"那么实际情形又是如何？他掏出刀来展示给对方看，仅此而已吧。"

"不是的，没那么轻描淡写。他像这样右手拿刀——"

文子说着，右手拿着折叠刀，把刀尖对准佐佐木的鼻尖。

"你再啰唆，我就在你身上开个洞——他这样恐吓对方。"

"但是实际上他没有刺下去？"

"嗯。"

"你介入调解之后又怎样了？"

"是受害人先道歉说'要是我惹你不高兴了，请勿见怪'，然后好歹收了场——"

"我儿子没道歉？"

"嗯。他醉得不轻。"

"然后你从我儿子手里拿走了刀。"

"嗯。我从你儿子手里把刀抢下来，放到了吧台上。"

"我儿子没反抗？"

"嗯，基本上没有。"

"你记得从我儿子手里把刀拿走大概是什么时间吗？"

"大概是几点来着？总之在混乱局面之后过了三十分钟左右，受害人木下先生离开了。"

"根据警方的调查书，快到午夜零点的时候，受害人先离开了酒吧，在那之前三十分钟，也就是十一点半左右吧。"

"嗯。可能差不多是那个时候。不过这个时间没太大意义吧？木下先生先离开，你儿子紧随其后拿着刀冲了出去，把受害人刺死了。"

"可能是这样，也可能不是。判断由我来做。"

"随便你。"文子像是在赌气般说道。她自己也喝了一口啤酒，之后对着聚在店内一角的另外五名男女说："你们要是想吃点儿喝点儿什么，别客气，跟我说。反正这儿的东西全都是这个可怕的人的。"

"我想要一杯姜汁朗姆。"

摄影师滨野皮笑肉不笑地伸出了手。而其他人表情如出一辙地紧绷着，纷纷摇了摇头。

文子做了一杯姜汁朗姆递给滨野。滨野说："是免费的啊，各位也喝点儿嘛。"

说着他咕嘟咕嘟喝完了。见滨野此番做法，十津川看着他年轻的脸心想——

（他在虚张声势。）

他超乎必要地彰显自己如何安之若素。而夸张的演技不管何时都不会太好看。

（这个人也许意外的比较怯懦。他会不会是为了掩饰这点才故意点了姜汁朗姆呢？）

正在十津川如此想的时候，佐佐木重又端起猎枪。

"我儿子跟受害人争吵，老板娘过来制止，这期间你在做什么？"

他看着小林。这话可能让小林觉得他在指责自己，便垂下嘴角，瞪着佐佐木。

"我在喝酒。"

"你没去制止？"

"不行吗？那时候我要是去劝阻，反而会闹得更厉害。因为我也喝了不少啊。这事儿让女人出面温和地打圆场比较好。所以我才交给老板娘处理，自己喝自己的酒。不出所料，她很简单地平息了争端。"

"你说不出所料，简单地平息了争端？"

"那又怎么了？"

"也就是说，你认为不是什么大不了的争吵，只要老板娘去劝阻，就能简单平息。所以，你什么也没做就在那儿喝酒。"

"你用不着问这么多遍吧？"

"即便是我儿子拿折叠刀恐吓受害人，你也认为不是什么大不了的争吵？"

"是啊，我不觉得他真的会刺下去。不行吗？"

"不，没什么不行的。我相信你的这些话。也就是说，你认为那不是什么大不了的争吵，而事实也是如此，因为老板娘一劝阻，他马上就把刀给她了。但若真的如此，那事情就奇怪了。明明不是什么大不了的争吵，为什么我儿子后来偏偏要追上去刺死受害人呢？"

"这我哪儿知道。他肯定是为了抢钱追上去的。被捕的时候，你儿子拿着受害人的钱包。这警方的调查书上应该也写得清清楚楚的。"

"哦，那调查书我看过，知道这个情况。我儿子在距离现场八百米左右的情人旅馆被逮捕，那时候他持有受害人的钱包。钱包里有五万三千五百块现金。可我儿子没说他是杀了人抢走的钱。"

"你儿子在审判的时候的确也否认了。可是啊，他说他喝醉了什么都不记得，这种谎话实在太没水平了。而且你儿子还有打劫的前科。他在这家酒吧喝酒的时候，看到受害人从钱包里拿出钱来付账。那个时候他又想要钱了，于是匆忙拿起刀追了上去，刺死受害人抢了钱。除此之外想不到别的理由。正因为不管是警察还是法官都是这么想的，所以他才会被判有罪。"

听着二人的对话，十津川渐渐在脑中对一年前的凶杀案形成了清晰的轮廓。

白领精英离开酒吧之后，被人用折叠刀杀害。而折叠刀的主人在情人旅馆被逮捕，持有受害人的钱包，并且该人有抢劫的前科不说，还说自己喝醉了什么都不记得。这不就像是在坦白自己是凶手嘛。

十津川饶有兴趣地等着看佐佐木会说什么。而这位从巴西归来、晒得黝黑的老人浓眉微微一皱。

"我儿子像我，身形健壮。他身高一米八，体重七十八公斤，还练过踢拳。"

"那又怎么了？"

"被杀害的木下诚一郎个子虽高，但很瘦。他的爱好也只是看书和打麻将，我认为他臂力不会太大。"

"所以呢？"

小林目光炯炯地看着佐佐木。

"所以，我儿子要是想要钱，根本不必拿刀砍人，他只要将受害人打倒后抢钱就行了。之前他抢劫的时候就是这么干的。"

"可能是因为对方抵抗，所以他才动刀杀人。"

"受害人是从身后被刺中后背的。如果是遭到抵抗，不得不拿刀伤人的话，那受害人身上肯定有别的伤口，可受害人身上只有背部一处伤口。"

"喂，佐佐木先生，我不知道你想说什么，可你儿子抓着一把刀追着木下冲出酒吧，这是事实。"

"这事儿只有你和老板娘两个人看到，这也是事实。"

"你是说我还有老板娘在说谎？"

小林脸涨得通红，咄咄逼人地问佐佐木。

佐佐木用冷静至极的眼神回看小林。

"我说的仅仅是我儿子为了抢钱而杀人这件事很牵强。就算他对喝酒时的争吵耿耿于怀而杀人，那争吵未免结束得太简单了。这里我想问问老板娘。"

"啊？"

突然被叫到，文子像是吓了一跳，她抬起眼睛。

"有件事我不明白。你劝阻了他们争吵，从我儿子手中把刀拿了过来，对吧？"

"是啊。"

"但是，你为什么把那把刀放在了吧台上呢？根据调查书，我儿子当时是抓起放在吧台上的刀冲出去的。"

"放在吧台上不行吗？"

"你刚才应该说过，我儿子用刀尖指着受害人的鼻尖。那你应该把收缴的刀具藏到吧台下面之类的地方，这才合理，不是吗？"

佐佐木的提问让文子的脸上微微闪过一丝狼狈的神色。大概是因为道理确实如佐佐木所言吧。

"让你一说，也许确实如此。可那个时候，我把刀放在吧台上就没再管了，你要是说这做得不对，那我道歉。"

"我没说你不对。我只是想知道那天晚上，你为什么会把收缴的刀漫不经心地放在吧台上就不管了。"

"这我自己也不明白啊。就是偶然而已。"

"不，不对。还有一点，我也请私家侦探调查过你。你负债三百万，这家酒吧也被拿来抵押了。"

"这事儿跟那起案件没关系啊。不管是被杀害的人，还是杀了人的贵公子，那天晚上都是偶然来我店里的。而且三百万的债务我已经还清了。"

"那可真了不起。就是说你突然得到一大笔钱，是继承了父母的遗产吗？"

"你这话太失礼了。"旁边的小林提高声调对佐佐木说。

"是吗？"

佐佐木微微一笑。看在十津川眼里，他此举似乎是在故意激怒小林及文子。

果不其然，小林脸涨得通红。

"那当然了。你没有权利侵犯他人隐私。你儿子病死在监狱里，我也觉得同情，可本就是你儿子自作自受，而且那起案件跟她欠债有什么关系！"

"这只是我猜的，不过这家店的债务是你从退休金里拿出钱来替她还清的吧？"

"这——"

"看来我猜得没错。"佐佐木满意地微笑着。

小林瞄了文子一眼,一口气喝光了杯子里剩下的啤酒后说:"我是这里的常客,知道老板娘遇到困难就帮她一把。不行吗?"

"不会。她是个相当有魅力的女人,我要是你,大概也会替她还债。"

"那你为什么要在大家面前提什么欠债的事儿?"

"没关系的,小林。"

文子制止了暴跳如雷的小林。

"什么没关系。这家伙仗着自己有枪,说话肆无忌惮。连跟案件无关的事情都要横加干涉,太欺负人了。"

"刚才我也说了,有没有关系由我来判断。另外,你替她还了足足三百万的巨款,那么现在你和老板娘是共同经营者了?"

"共同经营者?"

"难道不是?你替她还了三百万的债,那这家店不也是你的了吗?"

"你要这么说可能也是,不过我可没想过什么共同经营者的事儿。"

不知道是不是被说成共同经营者有点儿不好意思,小林用双手搓了搓脸。

"你的离职金是七百五十万。"佐佐木又一次确认道。

十津川依然不知道他为什么揪着跟案件无关的事不放,只是听着。

"是啊。"小林声音里含着怒火,"一家小公司,只能拿到这么点儿钱。"

"从中拿出三百万,对你而言这笔钱应该不是小数目。"

"哦,是啊。"

"另外,退休离职之后,你找到新的工作了吗?我让人调查的结果是还没找到。"

"到了这个年纪,很难找到工作。而且又不景气。可这事儿轮不到你来说三道四。"

"当然了。可是如果没有工作,我想三百万更是一笔重要的钱了。你能将这笔钱毫不犹豫地拿出来给她,我实在不认为你对老板娘的感情仅仅是一片好心。难道没有更深一层的感情?"

"你说什么呢?"

小林的声音近乎哀号。

"没事的,小林。"文子面带笑容看了看小林之后说,"小林只不过是在我身陷困境时帮了我一把。"

文子的视线在十津川及其余五名证人的脸上扫过。"我也是单身,小林先生现在也是单身,就算我们之间有什么,也不碍事吧?"

"哎,不碍事。"

佐佐木微笑着说。

"那么希望你别再问一些跟案件无关的无聊问题了。你儿子的案件是去年发生的,而小林先生替我还了三百万的债务是最近的事儿。"

"跟案件有没有关系,往下会逐步了解。要是无关,你就别担心了。"

佐佐木从吧台里出来,视线转移到另外五个人身上。

"那就往下进行吧。请各位出来一下。"

第二章　第二份证词

——被告人手持折叠刀，追在木下诚一郎身后冲出酒吧，他横穿过酒吧前面的马路，追上了木下诚一郎。恰好此时中央银行 N 支行的副支行长冈村精一（三十五岁）驾驶七五年型号的 Skyline GT 送下属千田美知子（二十七岁）回家的路上经过此处，注意到从车前跑过的被告人，连忙急刹车。根据二人证词，被告人右手持刀，神态狰狞，跑向马路对面——

1

所有人来到马路上。一出来,风着实挺冷。

安藤常轻轻打了个喷嚏。

"没事吧?"佐佐木问道。

安藤常扭过头没作答。

佐佐木像外国人一样耸耸肩:"接下来我想验证一下冈村精一先生和千田美知子的证词。你们二位可以去那辆车那边吗?"

说着,他用枪指了指停在马路上的那辆银色 Skyline GT。

"我的证词说完之后你能马上让我回去吗?明天有个重要的会议,我无论如何都要出席。"

冈村对佐佐木苦苦相求,声音里充满焦虑。

"会议?"

佐佐木露出嘲弄的眼神,嘴角浮现出一个冷笑。

"那是很重要的会议。"

"我的儿子死在了监狱里。"

"这我知道。可我身为副支行长,一定要出席明天的会议。"

"你要是想去,就要配合我。"

"好好,我会配合你的。"

"配合我就是说要讲出事实。你明白吗?你要是说些我爱听的谎话可不行。"

"我知道。"

冈村催促着千田美知子向车子小跑过去。

"其他人也一起去车子旁边。"佐佐木说,"我先告诉你们,我让送我来这里的摩托艇回去了,所以不到明天谁也没法离开这座岛。别搞小动作。"

"真够谨慎的。"

小林小声嘀咕。而文子可能是因为已经说出了二人要在一起的事,一直紧跟着他。

佐佐木走近车子,拉开车门。

"首先我想请你检查一下这和你的车是否有所不同。"佐佐木对冈村说。

冈村默默坐进驾驶座,手搭在方向盘上,环视着驾驶室。

"请你也看一看。"

佐佐木表情冷峻地对站在车旁的千田美知子说。

美知子的表情有霎时的茫然,但仍坐进了副驾驶座。

"怎么样?"

佐佐木探头望向车内,问冈村。

冈村一边来回拉动换挡杆一边说:"基本上一样。不过我的车里没挂这种成田山的护身符。"

"你觉得呢?"

佐佐木又问副驾驶座上的美知子。

"我觉得没什么不一样的。"

美知子表情冷漠地回答。

"那么来想想一年前案发那天夜里的事情吧。你从公司把她送到这里来?"

"因为下班的时间已经很晚了。"

冈村依然坐在驾驶座上，回答佐佐木。

"你们是过了十字路口开到这里的，对吧？"

"嗯。"

"在十字路口停车了吗？"

"没有。因为是绿灯，所以没停车直接开过来了。"

"那么车灯应该是亮着的。你打开车灯。"① 佐佐木说道。

冈村打开了车灯开关。两盏前车灯射出两道明亮的光，投向空中。

"收音机呢？当时要是开着收音机，就把它打开。"

"这些跟案件有什么关系？"

冈村皱起眉。

可佐佐木很沉着："虽然不知道有没有关系，但我想尽可能还原出跟一年前案发当晚一样的状况。我想这是查清真相的关键。"

"可是我不记得当时有没有听收音机。"

"收音机应该是开着的。"副驾驶座上的美知子说。她伸手打开了车载收音机的开关。

收音机里传出民谣歌曲。

既然能相当清晰地接收到东京的广播，看来这座岛距离东京不会太远。冈村可能跟十津川想到了一块儿，他转动旋钮想要多听几个台。

"不许乱动。"佐佐木冷冷地说。

冈村一惊，松开了旋钮。

---

①日本人在停车等红灯的时候，大多习惯关掉前照灯。——译注

收音机里放着披头士的歌曲。年轻的音乐主持人正在说今天晚上播出的是披头士专辑。

"好了，你就是在这个状态下开车过来。穿过十字路口，来到这附近的时候，突然有一个人影扑了出来，所以你连忙急刹车。是这样吧？"佐佐木像是在一个词一个词地确认般看着冈村和美知子说道。

"嗯。你儿子拿着刀，突然扑了出来，所以我踩了急刹车。"

"这没错吧？"

佐佐木看着美知子。

"他说得没错。"

美知子予以肯定。她的表情始终紧绷着。在猎枪的威胁之下，这或许很正常，然而十津川对她总是绷着的脸心头生疑。佐佐木拿着猎枪现身的时候，七名证人都同样脸色大变，眼中流露出惧意。虽然摄影师滨野反而变得更为活跃，可那背后大概也藏着恐惧。但是随着时间过去，他们知道了佐佐木并不是单纯来报仇的，不会胡乱开枪。尽管各人心里仍残留着不安，可感觉他们最开始的恐惧情绪已经有所缓和。这其中，只有二十九岁的千田美知子和一开始的时候一样，始终紧绷着脸。他总觉得除了对佐佐木的惧怕之外，她害怕的是另外什么事情。

"从驾驶座看到马路的景色和那天晚上是一样的吗？"

佐佐木探身看着驾驶座上的冈村问道。

"我想是一样的。"

冈村硬邦邦地回答。

"不能只是你想。我希望你仔细看清楚，确认是否相同。要是跟那天晚上不一样，就不好判断你们证词的真伪了。希望你看仔细了。那天晚上你开车的时候应该很留神前方，毕竟我儿子冷不丁扑出来，可你及时踩下刹车停下了车。"

"我开车总是很谨慎，从不疏忽注意前方。"

"很好。我再问你一次，跟那天晚上是一样的吗？"

"除了街道半路拦腰断开这点以外，跟那天晚上是一样的。我也记得有一个路灯坏了。"冈村指着车旁边没亮的那盏路灯说，"我对自己的记忆力也很有信心，很清楚记得你儿子一手持刀冲出来的样子。"

"这可就奇怪了。"佐佐木偏头思索。

冈村眼神一闪问道："有什么奇怪的？"

"那天晚上，因为我儿子冲出来，所以你在这附近紧急刹车停了下来。但是你总不会在这里让她下车吧？"

"嗯。她家还要往前开。我从这里向前开了一百米左右才让她下车。所以我是第二天才知道发生了凶杀案。让警察一问，我才重又想起那时候冷不丁冲出来的年轻男人是凶手。"

"所以我才说奇怪。"

"哪里奇怪？别故弄玄虚了，请你把话说清楚好不好？"

冈村显得很急躁，搭在方向盘上的手不断握紧松开。

"你只是停了一小下，却记得旁边的路灯坏了。"

"不行吗？"

"不是不行，我甚至很佩服你卓越的记忆力。但若是那样，理应记住的事情你却没记住，这不奇怪吗？"

"你指什么？"

冈村的眼里浮现一丝不安的神色，连十津川都看出他失去了冷静。

"你怎么说？"

佐佐木看着副驾驶座上的美知子。

美知子依然死死板着脸:"我想跟那天晚上是一样的——"她的声音不太自信。

佐佐木耸耸肩,视线又回到了冈村身上。

"这辆车靠人行道停着。"

"那当然了。再往前一点儿就要让她下车,所以我靠着路边开。"

"按警方的调查书说,那是午夜十二点前后吧?"

"是。所以才撞见你儿子冲出来。"

"那让我说出我觉得奇怪的原因吧。据我调查,那天晚上,距离此处五十米左右的前方路上有一辆小吃车,是卖石烤地瓜的。据开小吃车的男人的证词,那天晚上,夜里十一点三十分到零点三十分的一个小时,他把小吃车停在那里。然而你说你在这里停了一下车之后,又往前开了一百米左右让她下车。你要是直行,按理说肯定会撞到小吃车的。所以我说奇怪。"

"我忘说了。确实有一辆卖石烤地瓜的小吃车。我开车的时候绕了过去。我想起来了。"冈村慌张地改口道。

话音未落,佐佐木就"嘿嘿"地笑出了声。

"冈村先生。"美知子提高了声调叫道。

"啊。"

冈村喊了一声,用充血的眼睛瞪着佐佐木。

"你给我下套。"

"正是。你要是没上钩,我本想相信你的证词。可这下我可说什么都没法相信你了。如果那个时间有烤地瓜的小吃车,按理说车主当然也会被警察叫去做证,这立马就会穿帮的谎言你却轻易上钩,意味着你还有副驾驶座上的美知子小姐根本没看前面。不是吗?"

2

冈村正要说什么,又打住了。美知子脸色苍白,死死咬着嘴唇。

"但是,"佐佐木接着往下说,"就在案发时间零点左右,你曾在这里停车是事实。正因如此,警方才会认为你们有可能看到了什么,而把你们叫了过去。而你们给警察的证词是我儿子一手持刀,突然冲了出来。就算警方曾诱导提问,可为什么你们要做这样的伪证呢?"

无人作答。

"不能说吗?"

还是没人回话。

"那么,我来说吧。人说谎总是为了隐瞒什么,你们肯定也是如此。你们为了隐瞒什么事情而说谎迎合警方的话?另外,你们的关系到了哪一步?"

"你说什么?"

冈村的声音仿佛提高了一个八度。

美知子扭过了头,可这态度如同以身体语言肯定了佐佐木的猜想。至少十津川这么觉得。

佐佐木微笑道:"说到你们的关系,你总不会还想坚持说因为工作到太晚,所以午夜零点开车送她回家吧?"

"就是因为工作到太晚,刚好那天工作比较多。银行虽然下午三点就关门,可并不是关了门就能下班,关门之后还有很多工作要做。"

"这我还是知道的。如果真如你所说,那她自然也是第一次坐你的车了?"

"那当然。刚才我也说了,那天晚上刚巧晚了,所以我第一次开自己的车送她回家。"

"怪了。"

"什么怪了?"

"刚才我问你这辆车跟你的车是不是一样的,你说除了成田山的护身符之外一模一样。这没问题,因为你跟你的车做了比较。然而她也在车里到处看了一会儿后,说看上去是一样的。这不怪吗?她只在一年前案发那天晚上坐过你的车一次,却能跟这辆车做比较。也就是说她坐惯了你的车,所以才能很有信心地回答我的问题。"

(胜负已分。)

十津川想。

白领精英冈村可能也是个聪明人,可论起处事智慧,他根本不是这位在巴西辛苦奋斗了十八年的老人的对手。

冈村一脸吃了黄连般的表情默然不语。

气氛变得沉重。十津川点上一根烟,注视着冈村与美知子的脸。

美知子开口打破了沉默。

"我想求你一件事。"她对佐佐木说。

"什么事?"

"我确实跟冈村先生有关系，但请你不要公之于众。我下个月要和人结婚了。"

（原来如此。）

十津川明白了千田美知子表情始终紧绷的原因。跟有家室的上司随便乱搞之后又马上要跟别的男人结婚，这作风的确很现代，可她大概没跟她的结婚对象说过冈村的事。她害怕这次的事情会让这件事见光，表情才会绷得那么紧。

佐佐木对美知子微笑道："我想知道的是，我儿子是不是真的凶手，而不是你们的隐私。"

"我知道了。"

"那么请告诉我，那天晚上你们实际上做了什么。"

"这让我来说。"

冈村接过话来。

"她是个女人，恐怕不好说出口。正如她所说，我和她有那种关系。因为我有家室，所以我们只不过是逢场作戏。那天我们在情人旅馆待了好几个小时之后，我开车把她送到了这边。"

"就照这个方式说下去。"

"这一带是郊外，到了午夜十二点左右，路上几乎没有车，商店也都关了门。那天晚上也是这样。我不知怎的舍不得跟她分开，就把车在这附近停了下来。正好有一个路灯坏了，很黑。我停下车之后，关掉大灯和车内灯，把她抱过来亲吻。"

"那就说得通了。"

佐佐木满意地点点头。

冈村一旦起了话头，之后就像关不住的闸门一样。

"我不记得我们抱在一起多久。不管是我还是她都不知道发生了凶杀案。我没骗你。过了五分钟，或者十分钟，我向前开了一百来米，让她下了车。然而出了凶杀案，好像有人看到了我的车停在现场附近，就报了警。我和她被警察叫去了。"

"于是你们就做了伪证？"

"希望你能相信，我们一开始没想过要说谎。"

冈村依然坐在驾驶座上，扭头对着佐佐木，一副竭力解释的表情。

"我信你。"

佐佐木微笑了一下，像是想让对方放下心来。

冈村轻轻咳嗽了一下说："我很伤脑筋，总不能说停下车跟她亲近。我是高管，还有家室，像我这样的人跟女下属发生关系，要是让人知道，事情就闹大了。你大概不知道，银行的工作环境对员工的风纪格外敏感。我就算不被免职，大概这辈子都升职无望了。我家里面也会乱成一团。我害怕变成那样。"

"你也想过会给她带来麻烦？"

"哦，是啊。"

冈村连忙补充，那慌张的样子暴露了他那颗自私自利的心。

"她也是啊，要是跟有家室的上司有关系一事被公之于众，也很麻烦。所以我们才说了谎。警察问我那个时间是不是看到了凶手从一家叫'罗曼蒂克'的酒吧冲出来，我就顺着他的话往下说了。"

"你说我儿子单手持刀冲了出来，所以连忙急刹车？"

"嗯，就是这样。警察很满意，没再问别的。我说因为加班到很晚，所以开车送她回来，这话警察也一下就相信了。出庭的时候，我和她也坚持把这个谎言说到了底。多亏如此，我和她才能全身而退。"

"而代价是我儿子被判有罪。"

"对于说谎一事,我觉得很抱歉。我向你道歉。"

冈村在车里对着佐佐木深深低下了头。他的额头撞在车窗上发出声音,可没人笑。

"不过,佐佐木先生。"冈村舔着嘴唇,"审判的时候,就算我和她如实做证说那个时候什么也没看见,对大局应该也没有影响。我们并不是能证明你儿子清白的证人,其他还有好几个证人都做证说是你儿子杀的人。"

"别说些蹩脚的辩解!"

佐佐木对冈村怒喝。

"可是——"

"你给我听着。确实还有别的证人,可是我儿子被判有罪,是你们在背后推波助澜,这是不折不扣的事实。如果我儿子是清白的,那么就是你们合力把他逼死的。"

"我压根儿没想到你儿子会在监狱里病死。"

"我猜就是。你还有她都一心只想着自保,根本不在意我儿子会怎样。"

佐佐木的声音明显因愤怒而颤抖。

十津川听着听着,也对冈村及千田美知子的自私感到愤怒。为了保住自己的社会地位做伪证这事儿也许并不少见,问题在于这是凶杀案。的确,冈村和千田美知子就算做证说什么也没看见,法庭或许也不会更改判罚。可这是正义的问题,而冈村二人践踏了正义。

佐佐木望向夜空,像是为了安抚自己的怒火。十津川也跟着他向头顶看去。

无数的星星盖满了夜空。十津川心想这地方是按照城市的一角分毫不差造出来的,可只有夜空不可能相同。在城市里看不到这么漂亮的星星。

佐佐木看着美丽的星空,怒火似乎有所平息。

"那我要确认一下。"他对冈村说,"案发那天晚上,你什么也没看见。我儿子一手持刀冲到马路上是谎言对吧?"

"是的。请你原谅我。"

"那位小姐,你能对此发誓吗?发誓说你什么都没看见。"

佐佐木看着副驾驶座上的千田美知子。

美知子当然也会点头同意。十津川这样想着,看向她白净的脸。可意外的是,那张脸轻轻左右摇了摇。

"不能。我看得很清楚,冈村可能也看到了——"

3

冈村一脸狼狈,先于佐佐木一步发话。

"千田。"他提高声调斥责她,"不用再说谎了。只要说真话就好。"

"所以我说的就是真话。"

美知子似乎生气了,目不转睛地直视着车外的佐佐木。

"荒唐。"

佐佐木闷哼一声。他重重一拳捶在车门上,之后对千田美知子说:"你们应该是把车停在这里亲近,还关上了车内灯。"

"嗯。不过我看得到外边。"美知子反驳道。

十津川一开始以为她是在赌气说谎,可似乎又非如此。

佐佐木有一瞬间显得不知如何是好。他摇摇头,重又端好猎枪。

另外五名证人不知是不是以为他要开枪,齐齐向后退去。

冈村苍白着脸惊慌失措。

"千田。求求你了,你就不能说真话吗?"

"我说的就是真话。"

"但是那个时候,我们——"

"等等。"

十津川看不下去了,第一次开了口。

"这位小姐看起来说的似乎都是真话。"

"可是警部同志,那时候我抱着她在亲吻。亲吻的时候她总是会闭上眼睛。"

"但是小姐,你是看到了,对吧?"

"是。"

美知子点头同意。她好像并不仅仅是对佐佐木生气,看起来对冈村也很恼火。

"那个时候我被按倒在副驾的椅背上,头稍微撞了一下。我被撞疼了,就睁开了眼睛,那时看见有人从前车窗外边跑了过去。我没骗人,那人是紧贴着车子跑过去的。"

"你看到了我儿子?"

佐佐木站在十津川旁边,不厌其烦地又问了一次。他会这么问也是理所当然的。

冈村一脸惊慌地看着美知子,那表情同时也带着忍无可忍之意,似乎在怪她说出无关紧要的事,害自己再次惹上麻烦。这位白领精英看起来从头至尾都只考虑自己,跟他有过一段关系的美知子对冈村仿佛也有火,大概也是因为如此吧。

"那不肯定是吗?"

美知子依然皱着眉。

"那时候马路上没有一个人影,所以除了你儿子就没别人了吧?我看到的那个人从右往左横穿过马路。那家叫'罗曼蒂克'的酒吧在马路右边,左边人行道上有人被杀害,对吧?若是如此,凶手只能是你的儿子。"

"你看到他的脸了吗?"

"看到了。"

"真的？"

"嗯。"

美知子的回答突然变得简短起来。十津川对此感到内有蹊跷。

十津川负责审问过数十名嫌疑人及知情人。对方说得太多的时候，很多会是谎言。可太短的时候也值得注意。人为了让谎言蒙混过关，会做出超出必要的解释，而为了不让谎言被看穿，也会变得沉默寡言。

"要不做个实验怎么样？"

十津川这话既不是对佐佐木，也不是对美知子说的。

"实验？"

佐佐木看向十津川。

"让他们两个跟那天晚上一样，在车里拥抱。看看他们到底能不能看清从车前跑过的人的样子，是这样吗？"

"我的确也想做这个实验，可不必让他们两个再接吻一次，那没意义。"

"为什么？说到实验，除此之外没别的办法了吧？"

见佐佐木反驳，十津川笑道："如果实验的结果是她说看到了脸，你会相信她的话吗？你会相信是你的儿子手里拿着刀跑过这条马路吗？"

"这个——"

佐佐木答不上来，不再作声。这个老人一心期盼儿子是清白的，他不可能相信千田美知子的话。因为那是对他儿子不利的证词。

"由我来代劳吧，你对我能稍微有点儿信任吧？"

"嗯——是吧。"

"很好。"

十津川点点头,让冈村和美知子从车上下来,自己坐到了副驾驶座上。

他伸手关掉了车内灯和前车灯,感觉车子周边一下子暗了下来。

"你儿子个子高吗?"

十津川靠在副驾的椅背上,问佐佐木。

"应该有一米八。"

"这些人里身高差不多的是——"

十津川环视围在车边的八个人。

复读两年的山口看起来个子是最高的。十津川招手让他过来,一问他的身高,他说有一米七八。

"差两厘米而已,可以了。等我给出指示,你就从车前方自右往左跑过去。"

十津川给山口下了任务。

问题是美知子睁开眼睛的时候是什么姿势。

"你说他抱着你亲吻来着?"

十津川问车外的美知子。

"嗯。"

"这个副驾驶的椅背是可以调节的,当时椅背放倒了吗?"

"这——"

"这很重要,请你实话实说。"

"放倒了。"

冈村替美知子答道。他一副希望速战速决的表情。

"我想也是。"

十津川点点头,一点点放倒副驾驶的椅背。椅背的角度分三段，调到第二段的时候，冈村说："这就可以了。"

十津川成了斜躺的姿势。光是这样，就已经相当不容易看到车的前方，并且既然在接吻，她的面前应该是冈村的脸，视野应该会相当狭窄。把这些记在心里，十津川对山口说："跑！"

他大喝一声。

山口从车前方跑了过去。

十津川将椅背调回来，打开车门下了车。

"怎么样？看到了吗？"

佐佐木迫不及待地凑到面前问十津川。

"要是问我看得见还是看不见，那答案是看得见。我清楚看见有人跑了过去。而关键的是看不清脸，胸部以上都看不见。就算个子再矮一点儿的人跑过去，应该也看不到脸。"

4

佐佐木像是从十津川的话中获得了力量。

"这下就有可能你看到的不是我儿子,而是别的人。"他对美知子说。

美知子低着头,像是在专心思索。

"可那个时段路上没有行人。除了你儿子以外,谁会在那时候跑过马路呢?如果真有这么一个人,那他过到马路对面,我想他自然会目击杀人现场,也会作为证人出庭。"

"你看到的可能是受害人木下诚一郎。"

"可那人是午夜十二点之前从酒吧出来的吧?"

"对。"

对此话予以肯定的是酒吧老板娘文子。

"木下离开之后应该是过了五六分钟左右,墙上的钟报时十二点。"

"那就不会是被杀的那个人。我看到有人从车前跑过去的时候已经过了十二点。"

"你为什么能肯定过了十二点呢?刚才冈村不太有把握地说是十二点左右把车停在这里的。"佐佐木追问美知子。

但是美知子脸上充满了自信的表情。

"现在我想起当时的情形了。我看到有人跑过去之后,马上就在前方一百米的地方下了车。那时候我看了看手表。我跟我姐姐和姐夫一起住,所以回去晚了总是会在意时间。当时大概十二点十分。我清楚记得当时我还想哎呀,已经到第二天了。所以在这里看到那个人跑过去,可以肯定是十二点过五六分的时候。"

她的说话方式很具说服力。十津川看着她的脸,心想至少在这个问题上她没有说谎。

佐佐木默不作声,于是十津川对美知子说:"关于在这里停了多长时间,刚才冈村先生说他记不清,大概是五分钟或十分钟。你感觉停了多长时间?"

"我也不知道正确的时间。不过我想是十分钟左右。"

"你们的车从十字路口的方向开过来,直到停在这里,这期间你看到受害人从酒吧出来穿过马路吗?"

"没有。完全没有一个人影。"

"那么受害人就是在你们把车停在这里,关掉车灯,开始进行深入交流之前穿过马路的。"

"什么叫深入交流——"

美知子将责怪的眼神投向十津川,而十津川一副茫然不觉的表情。

"那么总结一下他们二位的证词吧。不是他们在法庭上说的虚假证词,而是真实的证词。"佐佐木大声说,"他们两个人在这个位置,关掉灯停了大约十分钟。这个时间段可认为是差五六分钟零点到零点过五六分。午夜零点五六分的时候,他们看到有个人影在车前方由右至左跑了过去,可没看到他的脸,不清楚那是谁。之后他们马上启动车子,向前开了约一百米,在那里千田美知子下车，当时她看了表，是零点十分。对此要是有什么补充的，请说出来。"

"虽然你说不清楚是谁，可那人肯定是凶手，也就是你的儿子。"美知子固执地坚持道。

佐佐木的表情僵住了。见此情景，冈村在她侧腰上顶了一下，意思是让她适可而止。

佐佐木咬牙忍住怒火，生硬地咳嗽了一声之后，对美知子说："我说的是正确的表述。你看到的那个人影的确有可能是我儿子。可你没看到他的脸，所以为了准确起见，我才说不清楚是谁，这样才能保证准确。我也没说不是我儿子。明白了吗？"

"可是——"

美知子还想再说什么，可不知是不是想到要是再说下去，激怒了佐佐木，恐怕会遭到枪击，她话到嘴边又咽了下去，头扭向一边。

"身为冷静的旁观者，我也有事想确认一下。"这次轮到十津川对美知子和冈村说道，"你们真的没留意发生了凶杀案吗？"

"没留意。"

"我也没留意。"

冈村和美知子同样摇了摇头。

"可是，你们的车停在凶杀现场那一边的人行道边上，你们却留意不到？也没听到惨叫声吗？"

"没有。肯定是在我把车往前开了一百米让她下车之后，才出的事吧。"冈村说。

"车窗是关着的吗？"

"是啊，关着的。一年前案发那天晚上也跟今晚一样，风挺冷的。"

"暖气呢？"

"开了。"

"那么你们停在这里的时候，车窗上没有雾吗？"

"我记得我发动车子之后，拿布擦了擦前车窗。不过还不至于看不清前面。"

冈村边说边用指尖神经质地敲打着车门。

他那双眼睛时不时瞟向佐佐木。

"够了吧。"他突然口气激动地对佐佐木说，"要说的我全都说了，再不知道更多关于那起案件的事儿了。"

"所以呢？"佐佐木冷冷地反问。

"所以我想你马上放我离开这座岛。已经到二十七日了。"冈村恨恨地看了眼手表，"我说了好几次了，今天上午十点在总行有个重要的会议。我身为副支行长，若无故缺席后果会很严重。希望你马上叫船回来把我送回东京。我不是已经照你的要求老老实实说出了一切吗？"

"不行啊。"佐佐木不为所动地说。

"为什么啊？你要问我的应该全都问完了啊。"

"眼下还不行。我想等全部证词都说完的时候，再重新推敲一下你的证词。"

"我没说谎。"

"大概吧。要是这次你也说了谎，我会毫不留情地开枪。这你明白吧？"

佐佐木的话让冈村怔了一下，可他刻意装得平静。

"我明白。我不会说谎。请马上放我回去。"

"这不行，理由我刚才说过了。再一个，我跟我朋友说过，不管我遇到什么事，天亮之前都不许上岛。"

"船几点来?"

"上午七点。"

"七点坐上船,能赶上上午十点在东京的会议吗?"

"这座岛跟东京没那么近。会议的事儿劝你还是死了心吧。"

"混账。要是无故缺席会议,就会失去上司的信任。这事儿对一个工薪族来说有多重要,你懂吗?"

"不就是失去上司的信任吗,那又怎么了?我的儿子因为你们胡诌出来的证词而蒙受杀人的罪名,死在了监狱里。"

佐佐木激动的言语让冈村沉默地扭过了头。见冈村这个样子,美知子用轻蔑的眼神看着他。看来因为这次的事情,这两个曾有过短暂肉体关系的人之间产生了彻底的隔阂。

"到天亮没多少时间了。往下进行吧。"

佐佐木的视线移到了复读两年的山口博之身上。

第三章　第三份证词

——被告人横穿马路到了对面人行道上,用前述的折叠刀从背后刺中在人行道上的受害人将其杀害,抢夺钱包后逃走。刚好同一时间,附近"中央天空公寓"三〇五号房中正在复习备考的山口博之(十八岁)从窗户看着外边,目击此事后慌忙拨打一一〇报警——

1

"你最先打了一一〇对吧?"

让佐佐木一问,山口扶了扶眼镜。

"嗯。"

他做出肯定答复时显得有些天真,似乎有点儿害怕,又似乎对自己身处此种事态之下感到有趣。

"那么请在这里把你在法庭上的证词原样复述一遍。"

佐佐木在车子挡泥板处坐下,将猎枪放在膝盖上看着山口。毕竟对方是个十九岁的少年,佐佐木的眼里也没有看冈村时那般严厉。

"我那天在学习。"山口说。

"这我知道。"

"我看书看累了,就打开窗户做深呼吸,这样脑子能清醒些。那时候我不经意往下一看,看到人行道的暗处有两个男人,其中一个突然拿刀刺中另一个人把他杀死了,然后拿了那个人的钱包就逃走了。我慌忙打了一一〇。"

"你记得正确的地点吗,凶杀发生的地点?"

"当然记得。"山口满怀信心地说。

佐佐木从口袋里拿出一根白色粉笔递给山口。

"你用这个去把那地方标记出来。"

"哦,好。"

山口接过粉笔,一个人利索地向人行道走去。

他的步伐很自信,这跟冈村那缺乏信心的样子大为不同。十津川想。

(关于一年前的杀人案,这个小伙子是不是对自己的记忆力充满信心呢。)

也许是。就连十津川自己在这个年龄的时候,也对自己的记忆力很有信心。去电影院只听一次就能记住主题曲,看小说连没必要留意的细节之处都能记住。

然而年轻的时候对自己的记忆力过于自信,就算记错了也难以发现,于是也不会想去纠正。当然不是说山口肯定就是如此。

山口站在人行道上,凝视自己位于公寓三楼的房间看了一会儿。

"因为是从那个窗户看到的——"他嘴里咕哝着,用粉笔在人行道上画了一个倒地的人形图案。

刚巧那地方有一盏路灯因故障熄灭,是人行道上最暗的地方。

要杀人,可以说这是个合适的地方。

"肯定是这里没错?"佐佐木又问了山口一次。

其余人也聚了过来,围着粉笔画出的人形图案。

"没错啊。"

山口似乎很意外被再三要求证实,声音显得有些恼火。

十津川低下头,仔细看着那个稚拙的人形图案。

对无数次到过凶案现场的十津川而言,这样的人形图案他再熟悉不过了。

"你看到两个人缠斗,背上中刀的受害人木下诚一郎就倒在用粉笔圈出来的地方,对吗?"

因为案发地点是关键问题,案发时的具体情况也是关键问题,所以佐佐木对山口一而再再而三地追问,甚至有些啰唆。

"是啊。我画得不好,不过那人就趴在这个地方。"

山口蹲下来,稍微修改了一下自己画的人形图案,但并没改变地点。他只是把画得带棱角的手改得圆润一些,能更像样一点。

"我还要再问你一遍,你从窗户往下看的时候,看见两个人在缠斗?"

"是啊。"

"你看到那两个人的脸了吗?"

"嗯,看到了。一个是被杀害的那个叫木下的人,用刀刺在他背上的是凶手,叫佐伯的年轻男子。"

"你说你能从那边三楼的房间看到他们两个人的脸?这里路灯坏了,这么黑也能看得清吗?"

佐佐木用不愿善罢甘休的口气对山口说。看样子只要有哪怕一丁点儿不能释怀之处,他都会争论到底。被判有罪的独生子大呼冤枉死在监狱里,他这样做也是理所当然的。

"看到了。"山口也用执拗的态度说。

"那就当你看到了。如果两个人在争吵,那你应该也听到了他们的声音。就是他们两个争吵的声音。姑且算我儿子是凶手,那受害人和我儿子在'罗曼蒂克'酒吧曾激烈争吵。这有酒吧老板娘和客人做证。那么我想这时候,我儿子拿刀伤人之前,应该也有过争吵,否则就说不通了。怎么样?你在三楼的房间能听到马路上的动静吧？毕竟上面的声音下面听不到，但下面的声音上面能听到。"

"嗯，我听得很清楚。半夜开着窗户学习，能听到烤地瓜还有卖面条的小摊的叫卖声，有时候我会下楼去吃。"

"那么你应该也听到了那两个人争吵的声音。"

佐佐木像是对着一个小孩子说话一样，一条一条加以确认。十津川心想这个老人的性子大概属于意志力极强、死缠到底的那种。

"嗯，听到了。他们吵得可厉害了。"山口面有得色地抽了抽鼻子，"我记得清清楚楚。"

"能讲一下他们吵架的内容吗？公审记录上只写了你做证说二人争吵，我儿子拿刀刺中受害人木下诚一郎。希望你把你记得的一字不差地说出来。"

"好啊。"

山口背靠在路灯的柱子上，抱起双臂看着佐佐木。

"被杀的那个人声音很小，听得不是很清楚，然而凶手的声音很大，我听得清清楚楚。毕竟他说起话来就像是在痛骂对方。"

"然后呢，他说了什么？"

"我听到他说'你胆子不小，竟敢小瞧我'。"

"对方呢？"

"好像是在分辩什么。不过我刚才也说了，声音很小听不清楚，只能说一看就知道是在道歉。"

"接下来怎么了？"

"凶手是这么说的：'我以前也曾因吵架杀过人。你要是再叽叽歪歪，我就一刀砍死你。'"

"这活脱脱就是流氓的台词。"

摄影师滨野插口开了句玩笑。

佐佐木没理他。

"我儿子以前没杀过人。虽然他有抢劫的前科。"

佐佐木对山口说。

"那我不知道。肯定是吓唬人的。换成是我,我虽然根本不懂什么拳击,可吵架的时候我也会吓唬对方说老子有羽量级六战全胜的战绩。"

山口笑了。虽然感觉这个比方有点儿不对,但佐佐木没说什么。这个老人反而谨慎地问:"那么让我们再确认一次。我儿子首先对受害人说'你胆子不小,竟敢小瞧我',把对方一阵痛骂,然后又说'我以前也曾因吵架杀过人。你要是敢抱怨,我就一刀砍死你'?"

"不是'你要是敢抱怨',而是'你要是再叽叽歪歪'。"

山口也一板一眼地纠正。

十津川对山口那股认真劲儿略微感到有些异样。就算是记忆力极佳的年龄,可那是一年前的案件。能把当时凶手和受害人之间的对话记得这么清晰吗?现实情况是他记得,所以他的记忆力可能格外好,或者是对再小的事情也会神经兮兮的性格。

"然后呢,我儿子突然拿刀砍人了?"

佐佐木冷静地问。不管怎么说,这是与自己的儿子有关的凶杀案。特别是听到这么多关于凶杀场面的描述,他肯定听得很痛苦。尽管如此,他的口吻依然冷静,这让十津川深感佩服。

这个男人的自制力一定很强,或者是正因为坚信死在监狱里的儿子是清白的,才能如此冷静。

"他没有马上一刀砍下去。"

山口意识到众人的视线都集中在自己身上,略显得意。

"也就是说他们还在继续争吵？"佐佐木问道。

山口在众人脸上环视一圈之后说："要是凶手直接一刀砍过去，那会刺中对方的胸部或腹部，自己身上应该也会喷溅上一大片血。然而受害人是后背被刺中。刚才我也说了，凶手威胁说要一刀砍下去，受害人好像又回了几句嘴。说到底，我觉得那是问题所在。对方拿着刀，正在气头上的时候，应该一个劲儿地道歉，要么就该赶紧逃之夭夭。要是我的话肯定会这么做。被杀了多亏啊。"

"你的处世之道我没兴趣。我想听听受害人被刺中时的情形。"佐佐木板着脸对山口说。

山口像这个年龄段的年轻人常做的那样，微微耸了耸肩：

"凶手突然殴打对方。"

"打了哪里？"

"是脸吧。我听到啪的一声。"

"是打了一巴掌？"

"嗯。"

"然后呢？"

"对方踉踉跄跄地晃了一下，突然害怕起来，逃走了。凶手喝醉了在耍酒疯，手里还拿着折叠刀。就是说他跟疯狗一样。面对疯狗，要是突然逃走，不是很容易被咬吗？要是想逃跑，一开始就应该逃跑。那个人一开始跟人吵，又突然逃跑，这可不行。就在他转过身要逃跑的时候，凶手手起刀落就把他解决了。我当时想，完了，出大事儿了。"

2

　　山口挥起右手，做出用刀刺向对方后背的动作。

　　这人相当能说，演技也不错。审判的时候，他是不是就是这个腔调说话的呢？

　　"你看到那个场景，就给一一〇打了电话？"佐佐木用冷静至极的语气问道。

　　不知冈村是不是对今天的会议还不死心，眼睛时不时瞄向手表。看着他这副模样，千田美知子摆出与此人划清界限的脸色。女人似乎一旦对男人轻蔑起来，就会彻头彻尾地厌恶。

　　十津川也看了看表。虽然已经凌晨一点了，可没太让人觉得冷。大概有温暖的黑潮流经这座岛附近。

　　"准确地说，我不是马上打的电话。"山口说，"我心想出大事了，可那一瞬间，我背上蹿过一阵凉意。感觉好像有两三分钟的时间还在看着窗外。"

　　"那你看到了凶手刺中对方后背之后做了什么吗？"

　　"嗯，看到了。被刺的那个人一下子倒在了人行道上，姿势就是我在这里用粉笔画的这样。他一动也不动，肯定是当场死亡。接着凶手就冷静地拔下了插在他背上的刀。可那之后他又蹲在尸体旁边，不知道在翻些什么。那时候我不知道他在干什么，原来是把钱包偷走了。然后他迅速横穿马路逃走了。之后我才报的警。"

"你记得你报警的时候说了什么吗？"

"嗯，记得。因为我长这么大第一次打一一〇，所以记得很清楚。一一〇的电话是一旦打通，就算我这边挂断，也会保持通话的，对吧，警部同志？"

让山口突然一问，十津川对他露出一个微笑。

"对，只要警方不挂断，电话是不会切断的。"

"然后啊，我打了一一〇，可又习惯性地放下了话筒。但放下之后再拿起来，居然还是通的，吓了我一跳。另外啊，我打一一〇的时候，第一句话说的是出命案了。"

"命案？"

"我喜欢看推理小说，还有刑侦类的电视剧。什么神探可伦坡啦，侦探科杰克啦，我都常看。所以我自然而然就说了一句有命案。我大学毕业后想进警察局工作。"

"说了有命案之后呢？"

"我说了地点。然后还说了凶手逃走的方向和穿着什么的。"

"希望你把这些具体说一遍。"

"好啊。因为警车来了之后我又被问了一遍，所以记得很清楚。我说凶手二十五六岁，身高一米八左右，穿着像是皮革的外套，发白的裤子。长发，长得像艺人S。还说了他拿着刀横穿马路逃走了。等凶手被抓住之后，警察还表扬了我，说我说的穿着都是对的呢。"

山口得意地抽了抽鼻子。

第一次打一一〇能说出这么多，确实值得自傲。十津川听着这些话微笑了一下。

大部分人仅仅是遇到凶杀案就会惊慌失措,即使打了一一〇,也经常忘了说重要的事情。

"你是用你房间里的电话打的一一〇吧?"佐佐木抬头看着三楼山口的房间问道。

"嗯,是的。"

"那就上去看看你的房间吧。"

"我就不用去了吧。"冈村用疲惫的声音对老人说。

结果只有山口、佐佐木还有十津川三人,加上爱看热闹、好奇心旺盛的摄影师滨野上楼来到小伙子位于公寓楼三层的房间。

小林老人和"罗曼蒂克"酒吧的老板娘文子二人一同进入酒吧。安藤常大概是累了,有气无力地坐在地上。

冈村似乎还惦记着想方设法从这座岛上逃出去,他慢吞吞地朝海岸的方向走去。

千田美知子没跟他去,而是坐到了车子的副驾驶座上。她靠在车座上,紧紧闭上眼睛,不知在思考些什么。

一进入三楼山口的房间,滨野就说:"这弄得挺不错啊。"

边说边又用相机咔嚓咔嚓照了起来。

想想看,现在滨野到处拍照,可佐佐木也许会凭借枪的威力取走胶卷。尽管如此,只要相机拿到手上,他还是会自然而然想按下快门,这也许证明了这个男人的确是专业的摄影师。

佐佐木瞥了滨野一眼,对山口说:"因为这很重要,所以希望你好好看看这房间跟你的房间是不是一模一样的,跟一年前案发的时候是不是一样的。"

"基本上都一样。刚才我也跟这位警部说了居然能弄成这么像,真是厉害。你是怎么调查我的房间的?"山口歪着头问了回去。

佐佐木笑了："如今的日本，只要肯出钱，几乎没有办不到的事情。你住的这栋公寓的管理员也是，我一往他手里塞钱，不费吹灰之力就让他趁你不在的时候拿万能钥匙打开房门，让我进去了。"

山口目瞪口呆。

佐佐木继续道："所以，这个房间的陈设不是案发时的样子，而是最近的样子。如果桌子的位置之类的跟一年前不一样，希望你重新摆一下。"

"我看看啊。"

山口双臂抱胸，煞有介事地打量着房间。

"桌子、书架的位置都和那个时候一样。本来我的房间也没怎么变。杂志什么的，如果是一年前，应该是一些更旧的，不过这些跟案子也没关系嘛。对了，电视不一样。我的那台是更旧的彩色电视，这儿这台是新电视。虽然旧，但我的电视还很好用。还有，电视下边放着的这个是录像机吧？这我房间里也没有。"

"嗯，是的。"佐佐木用沉着的声音说。

山口用手摸着昂贵的录像机说："这机器能把电视节目录下来，之后再播放吧？我早就想要了，可太贵了买不起。"

"我的事做完之后，就送给你了。那台电视也送给你。我留着没用。"

"真的吗？"

山口的眼神瞬间像个十二三岁的孩子一样天真。

"我不说谎，所以希望你也不要说谎。我不会原谅说谎的人，哪怕那人是我的儿子。听说我死在监狱里的儿子一直在喊冤时，我相信了我儿子所言字字属实。正因如此，我才会做出这一切。但如果到头来发现我儿子说的是谎话，我打算连墓都不给他建。"

佐佐木顶着一张晒成棕褐色的脸，用仿佛在说给自己听的腔调说道。

十津川仿佛从佐佐木严厉的眼里，看到了在巴西广阔的大地上生活了近二十年的老人强烈的意志。

这位强悍的老人没有说谎。要是有人背叛了他的信任，哪怕那人是他的儿子，他大概也不会留情。

而年纪轻轻的山口看起来似乎压根儿没注意佐佐木老人的强烈意志。这个复读了两年的年轻人看到录像机，彻底兴奋了起来。

（凶杀案公审的时候，他是不是也丝毫没有压力，没想过自己的证词会不会将一个男人送进监狱，而仅仅对审判感到新奇而兴奋呢？）

十津川甚至想到了这些。人啊，有着出乎意料认真的一面，也有出乎意料不认真的一面，而且对他人的命运感受迟钝，那种迟钝只有在与自己的命运相关时才会敏感起来。

"可为什么要拿录像机来呢？"

山口问了个自然而然的问题。

"这往后你就会知道了。"

佐佐木只说了这一句，就在窗台上坐了下来，低头看着人行道。

十津川也从老人的身后一起往下望。

他看到了黑暗中用白色粉笔画出来的人形图案。

佐佐木右手尽管紧紧握着猎枪，但对十津川全无防备。就算再怎么精神坚韧，老人毕竟是老人，要是从他背后偷袭，多半能毫不费劲地抢过猎枪。

而十津川并没这么做。

为何如此，确切的理由十津川自己也不知道，但是能说服他自己的理由是这样的：说不定正如这位老人所想，在一年前的凶杀案中，他的儿子也许是无辜的。至少已经清楚知道七名证人中，冈村精一和千田美知子两个人的证词是伪证。所以十津川自己也想搞清楚，老人的儿子是不是真是清白的。

"那天晚上，你应该在看书复习。"佐佐木依然坐在窗台上，对山口说。

山口正在鼓弄录像机。他一会儿按下按钮，一会儿转动频道，闻言连忙回答："是啊。"

"那请你坐到桌子前。"

佐佐木微微动了一下枪口。山口急忙坐到了椅子上，点亮桌子上的台灯。

桌子面向墙摆放，左边并排放着电视，右边是窗户。

"请你看和那个时候一样的书。"

"当时我看的是什么来着……"

山口挠挠头。

"你不记得了？"

"那有什么办法。成绩公布出来，我知道自己没考上还不到一个月，哪有心情投入复习啊。而且当时在复习什么，这些都无所谓吧。就算警察也没连这都问啊，审判的时候也没问这个啊。"

"你听好了，我想准确地重现一切细节。而且，我在巴西的大草原上杀死过好几头野兽，用的就是这把猎枪。"

"知道啦。"

山口脸色苍白,点点头。

"我想多半是在复习英语。"

"为什么这么想?"

"我英语很差,考不上也是因为英语的成绩太差。所以我想多半是在复习英语。"

山口不待佐佐木开口,抢先迅速从书架上抽出英语的应试参考书,摊开放到桌面上。

佐佐木对仍不断按下相机快门的滨野皱了皱眉,问山口:"你这个姿势看不到窗外吧。"

"那当然啦。我又不是辘轳脖子①。"

"但是,你也不是因为听到人行道上传来两个男人争吵的声音或惨叫声才看向窗外的?"

"嗯。我刚才也说过了呀,我看书看累了,不经意看向窗外,见到两个男人在争吵,也就是你儿子这个凶手和受害人。"

"那时候我儿子和受害人已经在争吵了?"

"是啊。"

"但是,这说不通呢。"

"为什么?"

"那天晚上,马路上很安静。冈村精一和千田美知子两个人开车停在了这栋公寓楼附近。他们两个人做证说除了看到一个横穿马路的人以外,既没有别的车,也没有一个人影。而且你说下面的声音在三楼能听得很清楚,你能准确记得我儿子劈头痛骂受害人的时候说的话,我稍微说错一点儿,你都马上纠正。

---

① 日本长颈妖怪的一种,脖子可伸缩自如。——译注

也就是说,你听得就是这么清楚,对吧?"

"嗯,就是这样。那又怎么了?"

"然而你说你不经意从窗户往下看,才看到我儿子跟受害人在争执。马路上很安静,人行道上的动静能清晰传到这个房间,可激烈的争执你却全然没听见。"

"那是因为我在学英语啊。心思在别的事情上面,就会听不见嘛。"

"你不是说你英语不好,而且因为刚知道没考上,没心思投入复习吗?"

在佐佐木锐利的眼神注视下,少年山口马上开始前言不搭后语。他本质上肯定还是个小男孩。

"是倒是——"

说到这里,山口语塞了。他不再作声。

佐佐木跟所有老人一样,没有对这样一个少年穷追不舍,而是唇角露出一个微笑。

"你大概搞错了。你为什么会搞错呢,我想有两个理由。第一,你从窗口看过去的时候,他们两个人没有在争吵,可因为后来发生凶杀案,所以你产生了错觉,以为你看到的时候两个人在争吵。第二,这个房间里有别的声音开得很大,所以你听不到人行道上的声音。这里有一台电视机。如果你那个时候在看电视,那就算听不见人行道上争吵的声音也说得过去了。"

"我当时在学习,怎么可能沉迷于电视呢。"山口气鼓鼓地说。

看他这个样子,十津川心想他大概是不愿意让人说他第二次考大学也注定失败而气恼。如果这个复读了两年的小伙子今年考上了东京大学之类的,也许反而会说自己在边看电视消遣边悠然自得地复习。

"那就当是这样,说下去吧。"佐佐木顺着他的话说道,"然后呢,你往窗户下边看的时候是几点几分,记得吗?这点很重要。"

"为什么?我亲眼看见凶手,也就是你儿子跟受害人争执,最后你儿子刺中对方后背逃走了。这还不够吗?审判的时候也没问我是几点啊。再说了,解剖尸体就能推断出死亡时间,而且受害人从那家叫'罗曼蒂克'的酒吧出来的时间,还有凶手追着他冲出来的时间也全都知道,自然也知道受害人被杀的时间啊。"

"我没记错的话,警方认为受害人木下诚一郎被杀害的时间是午夜零点十五分左右。检察官在公审的时候也是这么说的。"滨野插嘴道。

"我也听说了。"山口一脸刚想起来的表情,附和了一句之后说,"所以我往窗外看也是那个时候,也就是凌晨零点十五分左右。"

"但是你啊,"佐佐木耐心地跟山口说,"你偶然在那个时候离开书桌,从窗户俯视下方,目击了凶杀,这里面应该有什么。"

"什么也没有啊。我又没有什么预知能力,只是偶然往窗下一看,目击了凶杀。"

"你说你正在看书学习。"

"嗯。那又怎么了?"

"你中断学习,离开书桌往窗外看,也就是说你休息了一下,没错吧?"

"嗯。"

"一般这时候都会想着现在几点了,并看看表。你那个时候没看表吧?"

"没看啊。你也看到了,这屋里没有表,虽然我现在戴着手表,可那个时候手表坏了。"

"不会不方便吗?"

"不会啊。我正在复读,通过电视或者收音机都能知道时间。而且手表我马上就拿去修好了。"

"另外,你好像很喜欢NST电视台的《侠探杰克》,即使是重播你也天天看。"

"啊?"

山口的脸上猛地闪过狼狈的神色。

佐佐木用沉着的声音说:"之前我也说过,我找私家侦探把你们所有人从生平经历到兴趣爱好全都调查了一遍。关于你的记录是这样的:你是一个铁杆《侠探杰克》迷,连重播也一集不落地收看,特别崇拜主人公侠探杰克。"

"那又怎么了?我的确喜欢《侠探杰克》,可这跟一年前的凶杀案没有任何关系吧?"

十津川感觉山口语气中的愤怒略显过头。人要是想隐藏自己的弱点,反而会变得有攻击性。越是小心谨慎的人,这种倾向就越强烈。只是电视连续剧为何会成为山口的弱点,他有点儿搞不明白。

"关系是有的。"

佐佐木单手撑住膝盖上的猎枪,另一只手拿出一根烟放到嘴上点燃。

"案发那天晚上,NST频道午夜零点开始重播《侠探杰克》,时长一个小时。当时放的还是首映时最受好评的《堕落之城》。

这你怎么可能不看呢。也就是说那个时候你不是在复习,而是在看电视,看《侠探杰克》。"

佐佐木说得很肯定。山口涨红了脸,想要说什么可又沉默了。

佐佐木把烟灰弹到窗外。

"我来这里之前,去NST电视台借来了那天晚上重播的详细节目表。"

说着他掐灭了烟,从上衣的口袋里拿出一张纸条。

"午夜零点整开始播放。当然先会播广告,等情节进展到四分之一的时候插播第二段广告,这是在零点十五分。也就是说你那个时候在看电视,看《侠探杰克》。而零点十五分开始播放广告,你想透透气,就从椅子上站起来,看向了窗外。不对吗?"

"这——"

"看来我的推理似乎说中了。"

佐佐木满意地微笑起来。

3

"为这点儿事儿有什么可高兴的。"

语带嘲讽开口的是摄影师滨野。他盘腿坐在榻榻米上，正在给相机换胶卷。

佐佐木看向滨野。只见他啪的一声合上相机后面的盖子后说："这个小伙子啊，不管是学习中途要透气而看向窗外，还是看电视的午夜剧场要透透气，他目击了凶杀案这点不都不会变嘛。如果他是在零点十五分插播广告的时候，想歇口气往窗户下边看，那虽然能知道他目击凶杀的准确时间，可不也仅此而已吗？凶杀本身又不会变。"

"然而情况会有些许不同。"

"哦？那我可要洗耳恭听一下。"

滨野用挑战的眼神瞅着佐佐木。

十津川也不知道有什么不同。正如滨野所说，不管山口当时是在复习备考，还是在看电视，对凶杀案本身理应没有影响。

"乍一看好像没有关系，这是事实。"佐佐木说，"但其实有关系。我为了证明这一点才买了这台录像机，并把录像机提前接到了这台电视上。"

"那个啊。"

滨野瞟了录像机一眼。

佐佐木离开窗口，走到电视机旁边。

"我费了一番工夫才弄到了案发当天播放的《侠探杰克》的录像带，并提前放入了这台录像机里。只要按下开关，和那天晚上一样，NST 台的《侠探杰克》就会显示在电视屏幕上。"

"然后呢？"

"看过这个节目的人应该都知道，主人公杰克这个纽约刑警是我们常说的'黑警察'。他言语粗俗不堪，为了把凶手逼上绝路，说起谎来不眨眼，还会用下三烂的手段给凶手挖陷阱。"

佐佐木说的这些场面十津川也看过。他只看过三次《侠探杰克》，这部连续剧中杰克粗鄙的行为的确也有某种魅力。为了把坏人逼得走投无路，他会不以为意地进行诬陷。

佐佐木按下了录像机的开关。

首先是连续几个广告，之后《侠探杰克》第八集《堕落之城》开始了。

故事直接从杰克收到买卖毒品的线报，孤身进入交易现场的台球厅开始。这正是美国刑侦片惯用的剧情紧凑的拍摄方式。

可现场却什么都没有。正当杰克大失所望，突然有个小混混拿着一把弹簧刀顶住了杰克的后背："你听着，杰克。我以前也曾因跟人吵架杀过人。你要是再叽叽歪歪，我就一刀砍下去。"

杰克苦笑着举起双手。可他找准机会，将小混混打倒在地，夺过弹簧刀，顶在对方的鼻尖上。

"你胆子不小，竟敢小看我。"

杰克用阴沉的声音（当然了，是配音）说罢，用刀尖在小混混的右脸颊上划了下去。

小混混脸上出现一道血痕，惨叫出声。

这时插入了广告。

"啊。"

十津川不由自主叫出声来。

佐佐木微微一笑，看着十津川："警部同志似乎已经明白了。"

"明白了什么？"

滨野皱着眉问。

"刚才山口把凶手说的话详细说了出来，并且在审判的时候，他也做证说发生过争执。可那些话跟刚才电视里杰克和小混混的对话一模一样。"

"啊。"

这次轮到滨野叫了一声，他眼珠一转看向山口。

"这么一说，完全一样啊。"

山口的脸色变了。

"希望你老实告诉我。"

佐佐木看着山口。这位老人总是很冷静，几乎不说一句废话。

山口仍在沉默。

"你听好了。我只是希望你实话实说。你往窗外看的时候，凶杀是不是已经结束了？你打了一一〇，等警车来了之后，警察问了你很多问题，所以你想起刚看的电视里的对话，把那些话说得像是凶手和受害人的对话，对吧？"

山口默默无语。

"我不是在责怪你。你挑询问你的刑警想听的话说，大概因为你是个好孩子。可在这里，我希望你把真实的情况说出来——为了我那死在监狱里的儿子。"

"对不起。"

山口突然深深低下了头。

"刑警没完没了地说周围很安静,你应该听到了凶手和受害人之间争吵的声音。我不想说我没好好复习,而是在看午夜剧场,没听见争吵声,于是下意识就把电视里的台词说出来了。"

"那你看到的时候,凶杀已经结束了?"

"嗯。受害人面朝下倒在地上,凶手蹲在他旁边。"

"凶手肯定是我儿子吗?"

"是的啊,那是你的儿子。其实我从窗口往下看的时候,凶手也抬起了头,我们的视线碰到了一起。然后凶手猛然站起来逃走了,他右手还握着弹簧刀。这是真的,我没有再说谎了。"

"嗯,我觉得你没有再说谎了。"

佐佐木点点头。

"那让我们梳理一下事实。零点十五分,你看向窗外,那个时候受害人已经中刀身亡,面朝下倒在人行道上。我的儿子蹲在尸体旁边,一看到你,他突然逃走——"

"他右手拿着一把弹簧刀。"

"是的。但是你没有看到我儿子拿刀刺中受害人,对吧?"

"的确是没看到,可凶手肯定就是你儿子——"

"问题是事实如何,不需要你的想象。你没看到我儿子拿刀伤人,这是事实吧?"

"嗯。"

"那就可以了。"佐佐木简短地说。

如果这是在法庭上,那辩护一方此回合取得了胜利。十津川想。

4

十津川等人沿着水泥楼梯走下楼，回到了原先的人行道上。

千田美知子依然坐在Skyline GT的副驾驶座上。她的表情和刚才一样，透过车窗盯着黑暗的夜空。

可不见其余四人的身影。

佐佐木突然将枪口对着天空拉动了扳机。

枪声划破夜晚的寂静，轰鸣响彻夜空。

受惊的安藤常从水果店里跑了出来。老板娘和小林启作从"罗曼蒂克"酒吧出来了。只有白领精英冈村精一始终没有现身。

十津川他们去公寓三楼山口的房间时，冈村应该是往海岸那边去了。

这座岛并不是很大。自他离开已经过了四十分钟，就算沿着海岸线走一圈也早该回来了。

十津川突然不安起来。他身为刑警，工作就是保护人们的生命安全。

冈村激动得仿佛出席不了明天（已经是今天了）上午的会议，甚至不想活了。虽说心里不太相信，但他该不会在海岸找到一片木板什么的，就向着海里游过去了吧。

"最好去找找看。"十津川对佐佐木说。

佐佐木往猎枪里填入新的子弹，略作思索后对众人说："大家分头去找冈村。不过三十分钟之后，所有人都要回到这里。提醒你们一句，这里到最近的岛距离也超过了三十公里。你们别有游泳逃走的傻念头，那相当于自杀。"

八个人分散开去找冈村。

十津川独自一人往东边走去，走了五六分钟就到了海岸。

四下看了一圈，没有冈村的身影。

十津川在草丛中坐下，看向夜晚的大海。

月亮已相当斜了。夜晚的大海神秘而美丽，同时也很可怕。对着这样的大海想想事情倒是不错。

尽管事情怪异，但十津川觉得他正在经历一场有趣的体验。

到目前为止，佐佐木得了两分。他让冈村和千田美知子两个人承认做了伪证，也成功让山口说出了事实。

但是，这要是棒球比赛的话，至此仅仅是推进到了二垒，还没回到本垒。他实在不认为这就能证明他的儿子是清白的。

佐佐木大概打算拿剩下的两个人，水果店的安藤常和摄影师滨野的证词开刀，可究竟能不能得到他想要的结果呢？

若结果不能如佐佐木所愿，到时那个老人要是失去了自控，要开枪射杀七个人中的任何一个，那自己就必须豁出命去战斗了。

以防万一，十津川找了一块趁手的石头放入口袋，回到了原先的地方。

其他人也陆续回来了。可过了三十分钟，冈村精一依然没有回来。

"时间宝贵，我想继续往下进行。"佐佐木环视众人说道，"下面是水果店的安藤常的证词。"

第四章　第四份证词

——被告逃向马路对面的人行道，因为口渴难忍，他冲进正要打烊的安藤水果店，殴打当时在店里的安藤常（六十八岁），趁她跌倒在地的时候，抢走销售款约六千日元和两个苹果后逃走——

1

佐佐木与安藤常一起进入了水果店。

十津川等人也聚到近处，望着他们二人交谈。

滨野仍在不停拍照。佐佐木对此不以为意，倒是六十九岁的安藤常在每次闪光灯亮起时都要眨眨眼。渐渐地，她似乎忍不住了。

"够了，别照了。"她提高声调叫道。

佐佐木单手拿着猎枪，缓缓地在自己一手打造出来的店里环视。

"这和你真正那家店有没有什么地方不一样？"

"你等等。"

安藤常动作敏捷得不像六十九岁，她操着小碎步在店里走来走去，连摆在架子上的罐头等都查看一番。

"哎，大概差不多。"

"听你这么说，我就放心了。那就来说说案发那天晚上吧。那天你一个人在看店对吧？"

"是啊，我儿子和儿媳妇去了儿媳妇娘家了。"

安藤常两端嘴角垂下。

在酒吧就听说这个老太太既强势又爱欺负人，总是跟儿媳妇吵架，那些话看起来是真的。

"你准备打烊了……"

对方是个老太太，比起对待其他证人的时候，佐佐木的口气变得更为温和。

十津川突然想知道这个老人在巴西的生活是怎样的。

不难想象，那一定是一场接一场艰苦卓绝的奋斗。那张晒得黝黑的坚毅的脸，额头上刻着比普通人更深的皱纹，这些都在描述那段故事。能在孤岛上建造这么大的工程，他在巴西大概是成功了，可是他的个人生活莫不是更孤寂呢？肯定正因为如此，他才会回到日本，为了十几年未见面的儿子，掷出全部财产，甚至犯下拐带的罪行。

安藤常晃动着瘦小的身子。

"是啊，我当时正要关门。"

"可是店开到午夜零点，这会不会太晚了？"

"我乐意不行吗？"

安藤常鼓着腮帮子对佐佐木顶了回去。

"你平常是不是都开到这么晚？"

"我店开到很晚跟那个杀人犯有什么关系？"

"我也不知道。可无论什么事我都想先了解一下。"

"这老太太怄气呢。""罗曼蒂克"的老板娘在旁边说。

她的声音很大，意在让大家都听见。

"什么意思？"佐佐木回头看向三根文子。

安藤常默不作声地瞪着文子。

文子不理她，对佐佐木说："这老太太总抱怨儿子儿媳早早关店。说很早，可明明忙到了晚上八点她还嫌早。那天也是因为这事儿，她儿媳气得回娘家了，她儿子为了去接儿媳也走了，剩下老太太一个人，所以她怄气把店开到很晚。一个水果店，开到大半夜明明也不会有人光顾。"

"这事儿轮不到你来说！"安藤常尖着嗓子吼道。

十津川心想，这两个人平时关系大概就不好。

到底是谁不对，十津川不是这条街上的住户，他也不知道。

也许因为安藤常是个顽固的老太太，所以文子讨厌她，而安藤常或许本来就讨厌风月场合的女人。

"是不是像她说的那样？"佐佐木问安藤常。

"嗯，是啊。就算是那又怎么样？谁规定不能开到半夜的？"安藤常发着脾气说。

摄影师滨野讥笑地看着她。

十津川向十字路口瞥了一眼，还不见冈村精一的身影。他到底跑到哪儿去了呢？

"我只要知道理由就行了。"佐佐木说，"就在你要打烊的时候，凶手冲了进来？"

"是啊。就是你儿子，那个杀人凶手。"

"但是他冲进来那一瞬间，你并没想过他是凶手吧？因为你又没亲眼目击他杀人。你戴着度数相当高的眼镜，从这里应该看不清对面人行道的昏暗处。"

"才不是。我看得到。"

"那就试试吧。"佐佐木走到山口旁边，小声说，"你去你用粉笔画的人形图案那儿站着，什么也不用做，笔直站在那儿就行。"

山口点点头，跑向马路对面，面向这边站立在人行道的昏暗中。

"我刚才让他过去那边举起一只手。你看到他举的是哪只手了吗？"佐佐木问安藤常。

安藤常镜片后面的眼睛眯起来，仔细看了看说："举的是右手。我没说错吧？"

对此回答，佐佐木微微一笑。

这是个不安好心的实验。可这就证明了安藤常的眼神不好。

安藤常似乎也反应过来了，她悻悻地瞪着佐佐木。

"好吧好吧，我看不清楚路对面。不过啊，那时候冲进店里来的那个男人，我牢牢记得他的样子，因为我清楚看到了他的脸。"

"那我接着问，我儿子冲进来做了什么？"

"他一把抓起摆在店门口的两个苹果塞进外衣口袋里。"

"然后呢？"

"我当然要叫他给钱啊。"

"这就是说那个时候你没想过我儿子是杀人犯对吧？"

"啊？你说什么？"

"本来就是啊。如果你认为他是杀人犯，你会害怕，根本不会要他给苹果钱吧？"

"哎，那倒是。"

安藤常不情不愿地承认了。

佐佐木不厌其烦地又问了一次："也就是说，那个时候我的儿子看起来不像杀人犯，不管是脸上还是衣服上大概都没沾染血迹，表情也并不可怕。"

"他身上的确没沾血迹，不过他的脸在抽搐。而且我马上就知道他是杀人犯了。"

"为什么？我儿子应该在警车来之前就走了。"

"他亲口跟我说的。"

"我儿子说自己是杀人犯吗?"

"嗯,是的。"

"能把过程详尽说一下吗?"

"我让他给钱,你猜那个男的说什么?他是这么说的:'你这死老太婆。'"

"只说了这一句?"

"他接着这么说:'我刚在那边杀了一个人。少废话,滚一边去。'说完,他就把我打倒在地。那小子趁我还没爬起来,抢走了那天的销售款六千块和苹果。"

"钱放在哪里?"

"这个篮子里。"

安藤常用眼神示意一个从天花板吊下来的竹篮。当然了,此刻的竹篮里面没有钱。

佐佐木沉思了半晌。

"刚才你说的全都是事实吗?"

"都是真的啊。跟警察,还有上法庭的时候我都是这么说的。"

"让我再确认一遍。那天晚上,你要打烊的时候,一个男人冲了进来。那个男人的的确确是我儿子,对吧?"

"我在这么亮的光线下看到了他的脸,不可能认错人吧?在警局指认的时候我也一下就认出来是那个叫佐伯信夫的吊儿郎当的年轻人。"

"那就当是我儿子吧。然后他威胁并殴打了你,趁机抢走了销售款六千块钱和两个苹果,这没错吧?"

"嗯。"

"那时候苹果一个多少钱?"

"一百三十块。"

"那两个就是两百六十块。"

"这我也会算。"

"这事儿似乎解释不通。我儿子偷了受害人的钱包,这点警方和在法庭上都认定了。然而被警察抓住的时候,那钱包里有五万三千五百块钱。五张一万块的纸币,三张一千块的纸币,一张五百块的纸币。另外外套口袋里还有六枚一百块的硬币,九枚十块钱的硬币,共六百九十块。这些都清清楚楚写在警方的调查书里。这一来就不对劲了,难道不是吗?"

"我听不懂你在说什么。"

安藤常镜片后面的眼睛不断眨着。

"你应该明白。"佐佐木目不转睛地凝视着老太太的脸,"首先,我不明白我儿子拿着那么多钱,为什么不肯付区区两百六十块的苹果钱。其次,你说他从这家店抢走约六千块钱,这个金额跟刚才说到他身上的现金不符。算下来,那五万三千五百块钱里没有六千块的数额。那六千块是一千块的纸币,还是一百块的硬币?"

"肯定是他跑去什么色情场所花掉了。"

"不,不对。我儿子第二天早上在情人旅馆被捕。他到达旅馆的时间正好是凌晨一点,他没时间去色情场所。"

"那他肯定就是用我的六千块付了那家旅馆的住宿费。"

"不对。那家情人旅馆是先住后结账,他是在付钱之前被捕的。"

"你到底要说什么?"安藤常歇斯底里起来,对佐佐木凶巴巴地顶了回去,"我被凶手殴打,又被他抢走了两个苹果和那天的销售款六千块啊。"

"还有一点。我从这片街区的信用合作社的外勤员工嘴里听到一件有意思的事儿。那家信用合作社每天晚上八点会到商店街来挨家取走当天的销售款存入银行账户。可来到你这家店的时候,你说今天一分钱也没卖出去。因为很少出现这种情况,所以那位员工记得很清楚。那时候,那个员工心想还真能遇上怪事儿,往挂在店里的竹篮里瞅了一眼,里面确实一分钱也没有。"

"这……"

"如此一来,你说的六千块销售款是怎么回事呢?"

"那是晚上八点之后到打烊之前的销售款。"

"喔?"佐佐木苦笑着说,"从早上直到晚上八点都没卖出去一分钱,可在八点到午夜十二点之间突然来了顾客,你卖掉了多达六千块钱的水果?"

"是啊。"

"这不对啊。"山口鼓起腮帮子对安藤常说,"那天傍晚,应该是五点左右,我想吃橘子了,不是来买了五百块的橘子吗?那时候还有别的顾客。到晚上八点之前,按道理至少有五百块以上的销售款啊。"

山口的话将安藤常推入决定性的不利形势之中。

安藤常咬着嘴唇瞪着山口,冷不丁哇地哭出了声。

"你们合起伙来欺负我。"她嚷嚷起来。

十津川也看清楚了安藤常证词中的谎言。

他估计是这么一回事。

安藤常的独生子结婚了。儿媳跟安藤常之间动不动发生摩擦,这是常见的婆媳关系。

而家里的财政大权肯定也从安藤常的手中交到了儿媳的

手里。

尽管她有零花钱,但并不够。

案发当天,儿子和儿媳都不在,于是安藤常想把销售款占为己有。

信用合作社的员工跟平时一样来收一天的销售款时,安藤常说今天销售款为零,把钱藏了起来。

然后发生凶杀案,佐伯信夫进了这家店。他有没有抢走两个苹果、有没有给钱,这都不算什么问题。安藤常心生一计,决定说是佐伯信夫抢走了销售款。

2

最终，安藤常不情不愿地说出了实情，跟十津川猜的一样。

佐佐木满意地点了点头。可十津川望着佐佐木，心情不免有些复杂：这又有什么用呢？

安藤常的证词的确被推翻了。

安藤常在佐佐木的儿子进店的时候，压根儿没想到他是杀人犯。他从外套口袋里掏出零钱，买了两个苹果就走了。所以安藤常只留下了快打烊的时候来了一个醉醺醺的顾客这么一个印象。

可是到了后来，听警察说佐伯信夫是杀人犯，她吃惊的同时，想到可以把自己私吞的销售款说成是他抢走的。

这样一来，佐伯信夫殴打安藤常，抢走六千元的销售额和两个苹果的罪名就没有了。

（但是——）

关键的凶杀案不是没有发生任何变化吗？

从眼下的情况来看，佐佐木努力要证明自己死在监狱里的儿子清白的行动在细节上似乎成功了，可感觉距离证明他的儿子无罪这件事本身还差得很远。

十津川作为一个冷静的旁观者来到这里。尽管是被强行带来的，可他既非站在佐佐木的一边，也不是站在七名证人的一边。在十津川眼里，佐佐木的儿子喝醉与在酒吧碰到的一个男人发生口角，最终用刀将其刺死，抢走对方的钱包，他觉得这件事似乎不会有错。几名证人尽管对各自的证词在细节上做了修正，可他们认为佐伯信夫是凶手，这点并没有变。

佐佐木自己肯定也明白，所以在安藤常承认自己说了谎的那一瞬间，他满意地点了点头，可马上又恢复了严厉冷静的表情。

"你在做无用功。"摄影师滨野对佐佐木冷冷地说。

佐佐木默默地将视线投向滨野。

滨野抓起旁边的苹果咬了一口："你把这个老太婆说赢了，可你儿子是杀人犯这点没变啊。哦，对，他在这家水果店里抢走六千块的销售款和两个苹果的罪名可能没有了，可还剩下杀人的罪名。而且从尸体身上抢走钱包这事儿也是你儿子自己承认的。就是说杀人和抢夺财物这两项罪名都留了下来，这不是没有任何改变嘛。所以我说你在做无用功。"

"我不这么认为。"佐佐木用沉着的声音说。

这个老人十几年来与巴西的大草原为伍。大概是这份经历给予他这份沉着。这是与巨大的对手奋战过的人才有的强大力量。

"虽然不是所有的证词都是如此，但我知道了你们的证词中有几成是出于面子及切身利益而说的谎言。哪怕仅仅是如此，这也给了我勇气。现在坦白说出我的心情可能对我不利，可我不妨告诉你们。当我回到阔别十八年的日本，知道独生子死在狱中的时候，我的胸口绞痛。听说他一直在喊冤，当时我就想相信他的话，并且正因为相信了，才会这么干——"

"真够坑人的。"

滨野小声嘀咕,可佐佐木似乎没听到。不,也许是听到了,但装作没听到。他的表情没有一丝改变,继续说道:"可另一方面,说实话,我无法彻底相信我儿子的话。自他母亲去世之后,我儿子的确堕落了,也确实做下过抢劫案,而且他总是随身携带一把弹簧刀。在这起案件中也是,即使他否认自己杀人,可承认了从尸体身上偷走装有五万三千五百元现金的钱包。而与其相对,七位证人都是正经人,就算职业各不相同,可没有任何前科,况且其中还有精英白领。冷静地想想,这些人的证词比我儿子的话更可信,所以我毫无信心。然而,我逐渐了解到这七个人之中有几个人说了谎。的确,这也许没有触碰案件的核心,我也很明白。可我因此渐渐能相信我儿子的话了。我对此很高兴。"

"口才不错。但你儿子是杀人犯。"滨野冷冷地说,"我拍下了你儿子刺杀受害人的关键照片。任你巧舌如簧,在那张照片面前都是苍白无力的。只要那张照片在,这场闹剧就没有任何意义。"

"你说的那张照片,我从你住的公寓拿了过来,放在车后座了。底片还有登载了那张照片的报纸及周刊杂志也都带来了。我想让一切都按照事实进行下去。"

"那就好办了。"滨野讥笑地说,"大家一起再来看看那张照片吧。看过照片,这场闹剧也该落幕了。对你就不好意思了,可只要看到那张起关键作用的照片,你儿子杀人这事儿就是板上钉钉了。也许你会很懊恼,可也该放我们走了。你可以把这座无人岛弄成观光景点,自己当老板。"

滨野充满自信地说着,率先离开水果店,大步向停在路边的本田思域走去。

十津川从他那句"行凶的关键照片"想起来一些事。

那是一张登载在报纸及周刊杂志上、受到肯定评价的照片。

照片上一个年轻男人高举着一把刀，受害人倒在他脚边。

因为是跟自己无关的案件，所以看到那张照片的时候，十津川只是想"这是关键性的证据"，原来那是这起案件的照片啊。

照片好像还获得了那年的什么"新闻报道照片奖"。

滨野把头探进车子后座，说着："有了。"

他找出一个大纸袋，动手把纸袋里面的东西一样一样摆在本田思域的发动机盖上：报纸登载的照片，周刊杂志登载的照片，滨野自己展开有报纸大小的大幅照片。

每一张照片上都清晰地拍到一个双手举刀的青年。

这个青年显然就是老人的儿子，佐伯信夫。

"这张照片啊，案发之后我在报纸上看到过。"

山口拿起报纸。

"只要有这张照片，你就无能为力。"

滨野眼神冰冷地对老人说罢，又面露得色地环视众人。

"因为我是新闻摄影师，所以总是随身携带装好底片的相机，以便随时拍照。晚上我会换上现今世上感光度最好的 ASA 2000 的底片。用这个底片，即便没有闪光，只要有一点儿亮光，就能拍出清晰的照片。案发那天晚上，我也把这台装了 ASA 2000 黑白底片的 Nikon 相机放在手边，自己在开车。开到这附近的时候，我看到这老太太的水果店开着，就想买点儿橘子，停下了车。"

滨野停顿了一下，视线又一次从众人脸上扫过。他的神情仿佛在享受自己的话语带来的效果。

"然后我无意间看向马路对面，大吃一惊，因为就在这个时候，我看到一个男人正举起刀要杀人。要是普通人，看到这个情形可能会大叫出声，可我是职业摄影师，我当即举起相机按下了快门。也有人批判我这个行为道德上如何如何，可我认为我做得很对，没有什么可羞耻的。那时候就算我跳下车冲过去，也不可能阻止你儿子。而且多亏我拍下了这关键瞬间的照片，这起案件的审判才能顺利进行。当然，在场的各位每一份证词也很重要，可再怎么说也比不过照片所展示的真相。"

他的语气中饱含自信。

其余证人也点头表示认可。

十津川心里想着佐佐木会如何反驳，正向他看去——

"冈村到底跑哪儿去了呢？"

这时，复读两年的山口像是要缓解紧张的气氛，大声说道。

不知不觉间，东方的天空已经开始泛白，然而白领精英冈村精一依然不见踪影。

十津川身为刑警，更对此觉得不安。

他很理解佐佐木这位老人想证明自己死在监狱里的儿子是清白的那份心。

可眼下拿不出任何能够证明他的儿子清白的证据。尽管发现了证词中小小的错误，可他实在不认为这些能改变整起案件的性质。

而且，尽管对佐佐木老人过意不去，可不管怎么说，这都是以前的案子了。

相较过去的案子，冈村精一失踪才是现实中的案件。

"要不这样。"十津川对举着猎枪的佐佐木老人说，"你的法庭到此先暂时休庭，让我再在岛上找一下行吗？找不到冈村，我始终放心不下。丢了一个证人，你心里也惦记吧？"

"刑警同志。"

"怎么？"

"你觉得那个男人出事了吗？"

"刑警这份工作是个倒霉的行当。我总是预想到不好的结果，所以才担心。"

"你说不好的结果，是指冈村也许死了？"千田美知子脸色苍白地问十津川。

这个女人尽管在害怕，但似乎并不担心冈村。她对冈村的感情已经彻底冷却了。

"也有这个担心。"

十津川如实相告。

"好吧。我的法庭休息三十分钟。"佐佐木用法官的口吻说道。

3

八个人兵分几路，分头去找冈村精一。

十津川边走边点燃一根烟，这时山口小跑着追了上来。

"我想跟着你一起，可以吗？"

山口从镜片后面窥视着十津川的脸色。

"可以是可以，可为什么要跟着我？"十津川笑着问道。

"我害怕。"

"你怕佐佐木那个老人？"

"嗯。我怕一个人走，会不会被他一枪崩了。"

"你为什么怕他一枪把你崩了？"

"因为滨野那个摄影师的照片啊。不管那老头怎么努力，他都已经对那起案件无可奈何了。只要有那张照片在，他死在监狱里的儿子犯下的罪行就没有丝毫回旋的余地。是这样吧？"

"于是万念俱灰的老人要把你们这些证人一个不留全干掉？"

"嗯。他的独生子杀了人，被送进监狱是理所当然的，死在监狱里也是咎由自取吧？可那老头身为父亲，肯定想弄死我们这些证人。他一定会杀掉我们。"

"我不这么认为。"十津川说。

要是想杀掉证人，他不会如此大费周章。而且十津川认为老人至少明白就算对证人大开杀戒,他死去的独生子也不会安息。

他们走到海边,清晰地看到红红的太阳已经快要露出地平线了。

"天亮了啊。"十津川轻声自语。

"啊。"

就在这时,山口高声叫了起来。

"怎么了?"

"那边。"

山口脸色惨白,指着脚下。

四五米高的断崖下方,一个身穿西装的男人趴在蔚蓝的海面上浮浮沉沉。

那是冈村精一。

"他、他死了吗?"山口声音颤抖地问。

"看情形是死了。得把他拉上来。"

十津川找路往下爬。他很留意脚下,小心翼翼地下到了岩石堆上。

山口也脸色苍白地跟了过来。

十津川卷起裤腿走进海中。幸好冈村精一的尸体被海浪拍打到了靠岸的地方,只需走到水深五十厘米左右的地方就能抓住他。

他身上的西装被海水彻底浸湿,极为沉重。

十津川让山口也来帮忙,先把尸体拽到了岩石堆上,接着二人合力把尸体抬到了悬崖上面。

他们把尸体仰面放在草丛上。

"他是想游水逃走,结果淹死了吗?"

山口战战兢兢地低头看着尸体，问十津川。

"不是，他是被人杀害的。"

"被人杀害？被谁？为什么要杀他？"

"要是能不费劲就知道这些，那就省事了。你去把大家都叫过来。"

"我能跟他们说冈村被杀了吗？"

"哦，可以。"

十津川点点头，山口一溜烟跑了。

等到只剩下自己一人，十津川蹲在尸体旁边，点了一根烟。周边越来越亮，能把这具湿漉漉的尸体看得清清楚楚。

尸体的后脑部位凹陷，经过海水的冲洗已经不再流血，可很明显那是致命伤。

他翻了翻浸湿的西装内袋，钱包及身份证都在。看上去很昂贵的手表也没被偷走。

十津川站起来陷入沉思，看到山口领着众人跑了过来。

摄影师滨野一上来就对着躺在地上的尸体按下了相机快门。这个人真是对工作充满热情。还是说他是在故作姿态？

"他真的是被杀的？"佐佐木交替看着尸体和十津川问道。

"真的。有人用沉重的石头一类的东西重重击打他的后脑将其杀害，又从这里把他推进了海里。"

"不会是为了从岛上逃脱，跳进海里的时候头撞到了岩石上吗？"

小林启作插口提出异议。

"不会。死者到这里的时候天还没亮，仅借着月光看不出海水深浅，而且悬崖下方就是岩石堆。不管他多想逃走，也不会傻得直接头朝下往海里跳。无论是谁，应该都会从悬崖上爬下去再入海游走。而且如果是头朝下跳下去的,后脑不可能撞到石头。"

"若他是被人杀害的,那到底是谁杀的?那人是想抢钱吗?"

"不,他的钱包没被偷走。"

"那是什么人干的,又是为了什么呢?"

"这不明摆着嘛。"滨野径直指着佐佐木说,"是他杀的。说到底他就是打算杀了我们。他先杀害了最想逃走的冈村。你说他后脑遭到重击,那可能是用猎枪的枪托打的。"

滨野的话让众人齐齐盯住佐佐木。

佐佐木像是被众人的视线推得后退了一两步,之后说:"不是我。我的目的是知道案件的真相,不是杀害你们。"

"除了你,还有谁会是凶手。"滨野怒声说。

其他人也纷纷喊着"是啊是啊"。

佐佐木对他们瞪了回去,端起了枪。

"各位,请冷静一下。"十津川将身体挡在他们中间说道,"还不能肯定就是佐佐木杀的。"

"可滨野说得对啊。除了他,想不到谁还有杀害冈村的动机。"千田美知子对十津川说。

"究竟是不是这样,大家一起来想一下好吗?"

十津川用冷静的眼神望着六名证人和佐佐木。

"但是,警部同志。"小林的声调高得不像个男人。

"怎么?"

"我们七个证人中有一位被杀了。很明显,凶手在我们这些人中间,而对我们怀恨在心的只有他这个拿着猎枪的人。只要他拿着枪,我们就没法心平气和,因为不知道什么时候就像这个冈村一样被杀了。"

"我也有同感。"滨野立即赞同。

"我也怕得要命。""罗曼蒂克"酒吧的老板娘文子也瞪着佐佐木。

"怎么样，佐佐木？"十津川走近老人对他说，"这支枪能暂时交给我保管吗？你要是这么一直拿着枪，他们都会觉得是你杀了冈村。正如滨野所说，用来击打后脑杀人，枪托是件非常趁手的凶器。"

"我要是把枪交给你，你不会马上逮捕我吗？如果是那样，我不会交给你。为了我死去的儿子，无论是非对错，我都一定要弄清真相。"

"我说的是把枪暂时交给我保管。而且我就算逮捕你，要是你不合作，我们也无法离开这座岛。你说过到了七点船会来，可你要是不发出信号，船不会靠岸吧？"

"是的。我要是不给出找到了真相的信号，船会停在海面上，不会靠近这座岛。"

"那么我就算逮捕你也无济于事，不是吗？"

"为了我儿子，我一定要弄清真相。"

"我知道。我答应你，这我也会用你满意的方式替你安排。"

"警部，你没必要对这种人如此退让吧？赶紧缴了他的枪不就好了。"滨野大声说。

十津川目光锋利地瞪着年轻的摄影师："那你来从他手里缴枪试试？"

一句话让滨野不再作声。

佐佐木默默地走近十津川，把右手拿着的枪递了过来。

"我选择相信你。"

"谢谢。"

十津川说罢,接过沉甸甸的猎枪,径直走到了悬崖边,突然把枪扔入海中。

4

"你干什么?"佐佐木脸色大变。

十津川笑道:"要查明真相,用不着什么枪。就算没有枪,我们的小命捏在你手里这事儿也不会变。你握着我们是否能够离开这座岛的底牌。"

"接下来该怎么办?"山口仍有点儿结巴地问。

"还用问吗?既然出了凶杀案,就要找出凶手,然后彻查一年前案件的真相。"十津川干脆地说。

"但是警部同志,由于滨野那张关键的照片,一年前的案件不是已经有了结论吗?"三根文子插口道。

滨野本人也附和说:"就是啊,警部同志,不可能有比那张照片拍到的场景更真的真相。虽然我很同情这位想相信独生子是清白的老人。"

"那张照片也许的确很关键。"

十津川对二人点点头。

"但是,这起新的凶杀案如果与一年前的案件有关,且佐佐木不是凶手的话,那我认为需要重新审视一年前的案件了。"

他心里没底。也许正如众人所说,佐佐木就是凶手,很有这个可能。他为了死在监狱里的独生子,要一个一个杀掉坐实了他儿子罪名的七个人。这岂止天方夜谭，反而是常见的事。

但如果佐佐木不是凶手，那一年前的案件也会随之产生重新审视的余地。

该如何调查刚发生的凶杀案呢？

他没有一个下属在这里。

六名证人认定了佐佐木是凶手，除此之外的意见他们大概听不进去。

可无论如何都必须破案。毕竟十津川是刑警。

十津川环视七个人的脸。他仅仅能肯定这七个人中有一个是杀害冈村的凶手。

"希望各位能跟我一起想想。包括我在内，在场的每一个人都有机会杀害死者。有段时间我们所有人分散开在岛上各自行动。那个时候应该有机会杀人。"

"但是，我们七个证人说起来都是自己人啊。"滨野抚摸着相机对十津川说，"如果只有冈村一个人提了反对意见，那凶手在我们之中也说得过去。可我们所有人都在法庭上做证说佐伯信夫是凶手。在那老头眼里，我们七个人是一丘之貉。没道理要去杀害利害关系一致的人吧？"

"你的确说得很对，但也可能有个人恩怨。这些人里面一直到最近跟死者关系密切的只有千田美知子吗？"

十津川在所有人脸上来回扫视的视线停在了美知子身上。

"只有她，警部同志。"文子说。

"我这辈子第一次见到冈村是在一年前的案件的时候，虽说我们一同出席审判，可当时也不允许我们相互交谈。除了昨天，审判之后我都没见过他。别的人应该也一样。大家都是完全没有交集的人。"

这是滨野说的。

山口还有小林,以及水果店的安藤常也你一言我一语说着同样的话。

这些话中似乎没有谎言。冈村精一本来就不是案发那条街区的居民,他仅仅是案发那天晚上偶然开车送下属千田美知子过来,成了凶杀案的目击者。

若是如此,那剩下的就只有千田美知子或者佐佐木老人了。

"不是我杀的。"美知子猛摇头。

"但是,只有你一个人跟其他证人不同。你认识受害人,与他既是上司与下属的关系,还有肉体关系。"

"嗯,这我不否认。可我刚才也说了,我马上就要结婚了。我对冈村没有丝毫留恋。"

"就算你没有,他可能有啊。这是常见的社会新闻,中年男人对跟自己有过一段关系的年轻女性,而且还是像你这样的美女,一旦对方要结婚了,就会突然舍不得放手。他是不是威胁你说就算结了婚,也要继续现在的关系,否则就公开你们的关系?正在你为此头疼的时候,碰巧因为一年前的案件被带来这座孤岛。对你而言,这理应是一个绝佳的机会。在这里杀了冈村精一,任谁都会以为凶手是佐佐木。"

"不是这样的。"

"你能证明不是吗?"

"警部同志,您不了解冈村这个人。我不想说已死之人的坏话,可他那个人胆子很小。他想的全是要怎样才能把和我的关系撇得一干二净。我们银行在男女关系方面要求很严格,他一直在提心吊胆。他不是那种有激情,为了女人肯自毁前程的人。知道我要结婚,他还松了一口气呢。我也打算结婚后就辞职,所以我没道理去杀害冈村吧?"

"但是,这些都是你的一面之词,你无法证明这是事实吧?"

让十津川冷冷地一说。美知子不服气地紧紧咬住嘴唇。可不知想到了什么,她打开手提袋,拿出护照举到十津川眼前。

"这可能证明不了什么。可我打算结婚之后跟我丈夫去夏威夷度蜜月,所以办了护照。这是三天前拿到的。要是我跟冈村之间纠缠不清,我哪还有心思去办护照呢?"

美知子瞪着十津川,眼神很吓人。

她的逻辑自然是不通的。大可以认为她是想逃避跟冈村之间纠缠不清的关系,才决定去国外度蜜月并办了护照。

只是美知子竭尽全力的眼神让十津川胸口一震。

他从举在自己眼前的护照上深刻感到了美知子的心情,她绝不容许因为这种事情而毁了好不容易抓住的幸福。

但即便如此,十津川终究是一名刑警,而且他也不是新手。近二十年的刑警生涯里,在搜查一课,大家都说他是温厚但精明的警部。尽管胸口受到震动,但他不至于天真到相信美知子的清白。

只是他暂且将视角从美知子转到了其他事情上。

(如果说她不是凶手,那么是什么人,为了什么而杀害冈村呢?)

应该可以相信其余五名证人跟冈村没有个人交集。

若是如此,那剩下的又只有佐佐木老人了。可十津川无论如何也无法想象是这位从巴西回来的老人杀害了冈村。

这实在太过于庸俗。

佐佐木人虽已老,但他的头脑并未糊涂。从他对证人的反驳质问中就能看出这点,说他是个精明的老人大概也不为过。

像他这样一个人，明知自己会受到怀疑，还去杀害冈村吗？

佐佐木的反驳质问在进行到一半的时候，滨野的照片让人觉得那是关键证据。可佐佐木对那张照片肯定也持有某种反驳观点。正因如此，他才会特意把照片带来这里。而且冈村是在提出那张照片的问题之前被杀害的。

"好了，让我们再回那条街上看看吧。"

十津川做出了决断。

"为什么要回去？我想不通。"果不其然，滨野表示反对。他继续说道："一年前的案件因为我那张照片已经有了定论，就是可怜佐佐木了。而且，不管让谁来想，都会觉得除了他不可能有人杀害冈村，因为另外六个人没有杀人动机。我们只要在这里等船来就好。等船一到，警部同志，你就让佐佐木发出信号叫船靠岸，然后我们大家离开这座岛。这场无稽的闹剧就此结束。我说得不对吗？"

"不对。"

"怎么不对了？"

"你听好了。眼下还不能认定佐佐木就是凶手。这是其一。其二，我收走他的枪的时候，答应过让他继续对你们的证词反驳质问。我要信守承诺。"

"要是我们说不愿意，就是不离开这里，你要怎么办？"

"大概你们就永远无法离开这座岛了。佐佐木不问到他满意为止，就算船来了，他大概也绝不会发出信号。我也无法去强迫他。你们要是想离开这座岛，那就必须在这座岛上把所有问题都解决掉。所谓解决自然也不能是出自直觉，而要基于实证。"

第五章 新一起凶杀

1

除了佐佐木以外,其余六个人有诸多不满。可即便如此,他们到底还是无可奈何地向那条奇异的街道走去。

佐佐木走到十津川旁边。

"警部同志,谢谢你。"他低声说。

"现在谢我为时尚早。我并不是彻底相信你。"

"我知道。"

脸上晒得黝黑的老人点了点头。

刚走进街道,少年山口突然说:"我饿了。"

才出了凶杀案,这话有点儿不经大脑。可人就是这样,不管身处什么情况,该饿就会饿。

"我也渴了。"这句话是千田美知子说的。

见十津川没作声,滨野照例用嘲讽的眼神看着他:"反正也要花不少时间,我想先填饱肚子。"

"今天能让我回家吗?"

安藤常用那双老鼠般的小眼睛窥视着十津川的脸色,接着又偷瞄着佐佐木的脸色。

"只要事情全都解决,我敢打包票说今天就送大家回家。可但凡留下哪怕一丁点儿的疑虑,我都无法放你们离开。这是我用来跟这位老人交换枪的承诺。"

十津川不仅对着安藤常一个人,而是对众人干脆地说。

"果然啊。"滨野耸耸肩,"警察不应该是中立的吗?"

"我是中立的。可承诺就是承诺。既然冈村被杀,身为刑警,我必须抓住凶手。"

"凶手就是他啊。"安藤常直指着佐佐木。

"不是我。"佐佐木说。

就在他们又要和刚才一样开始相同的对峙时,十津川大声喝道:"别说了!我一定会抓住凶手。"

"要搞到什么时候啊。还是应该先填饱肚子。"

滨野看着"罗曼蒂克"的老板娘。

"能给我们弄点儿吃的吗?"

"好啊。大家都到我店里来吧。我给你们做点儿什么。"

文子领头走进了自己店里。

她做了米饭和大酱汤招待十津川等人用餐。配菜只有火腿煎蛋和炒青菜,不过她做饭相当有一手。

"真好吃。"十津川夸赞道。

闻言老板娘笑着说了句"谢谢"后,瞥了佐佐木一眼后说:"要谢就谢那位老爷子吧,是他把一切都替我准备好了。"

她的言语之中明显带着讽刺。这从她把"一切"这个词说得格外重也听得出来。

佐佐木本人只是默默地吃着饭。

十津川想抽根烟,可惜烟盒已经空了。

"有烟吗?"他问文子。

"要是在我真正的店里,那吧台下面倒是随时备着七星和HI-LITE。"

说着,文子往吧台下面一看。

"还真有。"

她分别拿出一盒七星和一盒 HI-LITE 放到了吧台上。

十津川抽出一根七星点燃。

"哎呀。"就在这时,文子大喊了一声。

众人的视线齐齐集中到她身上。

"怎么了?"十津川问她。

"刀不见了。那把刀。"

"刀?那把弹簧刀?"

"嗯。刚才佐佐木不是拿出一把跟一年前的案件中一样的刀放在了吧台上嘛。我想着可不能再出事了,就把那把刀收起来放到了吧台下面。"

"那把刀不见了?"

"嗯。"

"佐佐木。"

十津川看着仍在慢条斯理继续吃着饭的佐佐木。他到底是在巴西生活了十八年,吃起饭来也比其他人慢。

"怎么了?"

佐佐木抬头看着十津川。

"是你吗?是你把刀拿走的?"

"不,不是我。你要是怀疑,可以搜身。我把刀放到吧台上之后就没碰过。"

"那会是谁把刀从吧台底下拿走了?"

十津川依次看向众人的脸。随着他每次移动视线,滨野及安藤常,小林启作还有山口少年都不高兴地摇摇头。最后千田美知子也硬邦邦地否认说"不是我拿的"。

十津川脸上的忧虑之色更浓了。

他用锐利的眼神看着老板娘:"我再问一次,你确定你把弹簧刀放到了吧台底下吗?"

"刚才我也说了,我想着可不能再出差错,才特意藏到了吧台底下的。"

文子重复了一遍相同的话。

是什么人,为了什么偷走那把刀呢?

对十津川而言,问题在于偷刀的动机。

刀这东西本身不是凶器,可要是拿刀的人想,那会立时成为杀人的凶器。

(偷刀人是想拿刀行凶吗?)

如果是的话,那无论如何都要防止再有人被杀害。

"各位,抱歉了,我需要对你们搜身。"十津川环视众人说。

但是,等他对所有人都搜完身,也没找到弹簧刀。

偷刀的人从吧台底下把刀偷走之后藏了起来。

(是什么人,为什么要这么做呢?)

2

随着太阳升起，四下都亮了起来。可人们的心情变得更为沉重。

没人会以为偷走那把弹簧刀的人是一个刀具收藏家。看上去每个人都产生了不好的预感，又忧又惧。

"你快想想办法。"安藤常的金牙反着光，她对十津川说，"你赶紧把这个叫佐佐木的结结实实绑起来。你要不这么做，我们都会被杀的。"

"你觉得是他偷走了刀吗？"

"还能有别人吗？偷刀的人是为了杀掉某个人才把刀偷走。除了这个人，没有任何人要杀我们啊。他没了枪，这次便想用刀杀掉我们。他要给他死去的儿子报仇。"

"或许有动机偷刀的另有其人。"

"你是说我们这些人中有杀人凶手吗？"

安藤常又一次亮出闪闪发光的金牙，对十津川不依不饶。

十津川苦笑着说："听说你不太看得上'罗曼蒂克'的老板娘。"

他这样一说，安藤常瞬间露出了畏缩的神情。

"我就是不喜欢风月场合的女人，可还不至于讨厌得要去杀人。"

"我这是举了一个例子。也可以认为你们之中说不定有人怀着不为人知的仇恨，而这仇恨在被困岛上期间爆发了。"

"胡说！"滨野大声抗议道。

十津川狠狠瞪了滨野一眼，可口吻始终冷静："我哪里胡说了？"

"稍微想一下就知道你是在胡说。"

"我在问你理由。"

"那你听好了，警部同志。刚才我也说了，一年前案件的证人，也就是我们七个人，可以说是因为那起案件才第一次打照面。噢，我知道。复读的山口，水果店的安藤常，还有'罗曼蒂克'的老板娘，他们住得近，有可能之前就认识。这我也很明白。但要是他们之间有深仇大恨以至于要杀之而后快，那在来这里之前，他们理应闹出过什么事。然而没出过任何事。还有，我及冈村精一和千田美知子在那起案件的时候曾在一起，之后再没见过，没有理由非要置对方于死地不可。小林启作因为经常到'罗曼蒂克'来喝酒，所以跟老板娘很熟，可另外五个人在那起案件中都是第一次见。而且我们七个人的证词一致，都指出佐伯信夫，也就是坐在那边那个佐佐木的儿子是凶手，在这点上，也完全没有理由彼此怀恨在心，更不可能有杀人的理由。"

"我也同意他说的。"很少开口的小林启作对十津川说。

十津川回头看向这个去年才退休的男人。

"你怎么个同意法？"十津川刁钻地明知故问。

小林的表情有刹那的惊讶，可很快转为不高兴的神情。

"你明明知道。在我看来，我也同意滨野的观点。我们七个人是一年前案件的证人，可不管是那时候，还是那之后，我们的意见都一致，也没起过争执。这你随便问谁都能知道。要不是出了这档事儿，冈村也不至于被杀。也就是说，除了他，我想不到还有谁可能会是凶手。"

他指着佐佐木。

"把刀藏起来的肯定也是他。因为手里没了枪，所以他要用刀把我们一个一个杀死。警部同志，你要是不想再有人遇害，就照安藤常刚才说的，把这个老头绑起来。"

"就是啊，警部同志。"安藤常也说。

其余三个人，老板娘和山口，还有千田美知子虽没出声，可他们眼里分明表现出赞同滨野及小林的意见。

十津川瞥了佐佐木一眼。

佐佐木晒得黝黑的脸多少有些发青。

"你要逮捕我吗，警部同志？"他轻声问十津川。

"是你把刀藏起来的吗？"十津川反问道。佐佐木轻轻摇了摇头："不是我。不过说了你们大概也不信。"

"要想让我们相信，就赶紧放我们离开这座岛。"滨野反唇相讥，"你要是能放我们走，我们就信你一次。"

"这我做不到。"

"为什么做不到？你只要发出信号把船叫过来就好了。"

"因为我要做的事还没做完。"

"你是说把我们全部杀死的事吗？"

"不。是重新验证你们在一年前的案件中所做的证词。"

"这应该已经完事了，是用我的照片做出的结论。你总不会对我那张关键照片也要挑毛病吧？"

滨野提高了声调。

佐佐木缓缓点了一根烟。

"我认为照片也未必一定具有关键的意义。"

"你说什么?"

滨野脸涨得通红,死死瞪着佐佐木。

可不管滨野如何暴跳如雷,只要佐佐木的主意不变,就没有一个人能逃离这座岛。

(总之,除了让这位佐佐木老人做他想做的事,别无他法。)

十津川这样想。当然,在这期间,十津川一定要找出杀害冈村精一的凶手。

"我能去看看海吗?"山口不合时宜地悠然说道。

滨野的怒火仿佛被泼了一桶冷水,他悻然哧了一声。

"去吧。"十津川说。

"我想去看看海,消化一下。"山口咧嘴一笑,对十津川说,"一个小时后我会回来这里。"

"我也想看海了。"

千田美知子跟着说。而她则不等十津川同意,就快步向外走去。

看来众人都受不了这里沉重的气氛,想出去呼吸一下新鲜空气。

十津川只说了一句"请你们一个小时后回到这里来"。

只是对佐佐木,他说的是:"希望你跟我待在一起。"

佐佐木眼神一闪:"警部同志,你到底还是怀疑我?"

"这个问题,我不能告诉你是 yes 还是 no。我的信条是不带任何主观色彩看待事物。杀死冈村精一,藏起弹簧刀的可能是你,也可能是另外六个人中的一个。要是再出什么事,毫无疑问你会遭到怀疑,搞不好他们会对你动用私刑。所以我希望你跟我待在一起。"

"你要是能看着他,我就能放心地去散个步了。"

滨野讥诮地一笑,最后一个离开了。

3

等到只剩自己和佐佐木两个人的时候,十津川用认真的眼神看着他问:"你把刀藏哪儿了?"

佐佐木面容扭曲地问答:"难道连你也认为是我干的?"

"不,我没这么说。可那把刀本来就是你的。而且你为了威慑那七个证人,还准备了猎枪。你的对手有七个人,我觉得这些准备都是理所应当的。当你失去那把枪,就算你把弹簧刀弄到手来代替,我认为也并不奇怪。不对吗?"

"只可惜不是我。"

"真的不是?"

"不是。刀要是在我手里,我不会藏起来。我会大大方方亮出来给你,给每个人看。"

"如果不是你的话,那究竟是谁?"

十津川依然坐在椅子上,视线投向空中。

是另外那六个人中的某个人把刀藏起来了吗?

会不会是"罗曼蒂克"的老板娘把刀放到了别的地方,却错记成藏到了吧台下面呢?

十津川走进吧台,让佐佐木也来帮忙,把置物架、煤气灶的后面翻找了一番。可无论哪个地方,都不见那把刀冒出来。

十津川找完一圈之后，默然点了一根烟。

他面上很平静，可内心的不安在逐渐扩散。

如果是佐佐木说了谎，其实是他把刀藏了起来的话，那倒不成问题。只要看住他，就不会发生持刀杀人的事情。

但要是把刀藏起来的另有其人，搞不好就在此时此刻，那把刀已经被用来行凶了。

"请你跟我一起出去看看。"十津川对佐佐木说。

"去干什么？"

"去看看大家是不是安然无恙。说不定有人已经死在那把刀下了。"

"那我们兵分两路在岛上找比较快。"

"不，你要跟我一起走。"

"就是说你还在怀疑我？"

"如果要我直说，那我是怀疑你。"

十津川不加掩饰地说罢，就走出了酒吧。佐佐木也跟着他来到外边。

头顶是一片美妙的蓝天。

气温也升高了，十津川边走边脱掉上衣。他突然想这天气要是能坐在海边，垂下一根鱼竿，那一定会惬意至极。

可等走到发现冈村精一尸体的海岸，十津川的眼神又变得凝重且锐利起来。

冈村在这里被杀，又被抛尸大海，这是毋庸置疑的事实。有人杀了那位白领精英，可不会是胡乱杀了一个人。正因为有杀人的理由，才会去杀人。要是藏起弹簧刀的人和杀害冈村的是同一个人，那他偷刀十有八九是用来行凶的。

（究竟是什么人，又为了什么？）

十津川遇到了同一个问题。

如果佐佐木是凶手，那动机显而易见。如滨野所说，他肯定是想杀死把自己的独生子送进监狱，导致他病死狱中的七名证人。

可不知为何，十津川不认为佐佐木是凶手。

他自己也不明白为什么。冷静想想，他也认为在这座岛上的所有人中，有最强烈的杀人动机的，说到底还是佐佐木。另外七个人眼下还找不到他们要互相杀害的理由。

尽管如此，十津川仍不认为佐佐木是凶手。就算是他把刀藏起来的，这个看法大概也不会变。

在十津川眼中，他无论如何都看不出这位从巴西回来的老人会是一个肆意杀人的人。

"去找找大家吧。"

十津川边说边回过头，不禁当场狠狠"啧"了一声，那是因为身后已经不见了佐佐木的身影。

他什么时候溜走的？

（真拿这老头没办法。）

十津川罕见地皱起眉，露出恼火的表情自言自语。

（在这种情况下，要是有人遇害，那怀疑岂不更是会指向佐佐木。事情要是变成那样，我也束手无策。）

十津川沿着海岸向前走。他必须要在再出事之前找到佐佐木。

在有一片小小的松树林和这座岛上唯一一处沙滩的地方，他碰到了山口。

山口正卷起裤腿站在齐膝深的海水里哗啦啦地玩儿着水，

行为完全是一个十九岁的年轻人。他站在原地看着十津川:"水一点儿也不冷哦。警部,你也下来吧。能看到鱼呢。"

"你看没看见佐佐木?"

十津川一问,山口就带起一阵哗啦啦的水声走上了沙滩:"那老头干了什么?"

"我想在他干出什么之前找到他。他没来这边吧?"

"我没看见哦。"山口简单地说完后,"你带烟了吗?"

"原来你抽烟啊。"

"我还喝酒呢。"

山口嘿嘿地高声笑起来。

十津川苦笑着递给他一根烟,替他点燃之后,正要到别处去找佐佐木,山口从他身后追了上来:"又有人被杀了吗?"

"你为什么这么想?"

"你说为什么啊,还不是因为你跑来跑去的,一张脸板得那么吓人。"

"我只是想要是发生命案就麻烦了。"十津川绷着脸说。

他不希望再出事了。他要在出事之前找出凶手,也想让佐佐木对凶手反驳质疑到他满意为止。只要这样做,佐佐木就会把船叫过来,让大家离开这里吧。

二人走到离小岛另一侧较近的海岸时,在松树林里找到了聚在一起的滨野及安藤常等人。

其他人也在,包括佐佐木、"罗曼蒂克"的老板娘,还有小林启作。

十津川在松了一口气的同时,感到聚在一起的这几个人之间充斥着非同寻常的气氛。而且,他发现千田美知子不在,猛地跑了过去。

几个人在松树林里围成一圈。

圈子正中,一个女人仰面躺在地上。那是千田美知子。根本不必再问怎么了,只要看上一眼,就知道她已经死了。

第六章　继续

1

十津川在长年的刑警生涯中，练就了能够凭直觉判断出人是不是已死的本领。但即便如此，为了保险起见，他还是蹲在千田美知子旁边，先摸了摸脉，又把耳朵靠在她的心脏上听了听。

她彻底咽气了。

她的后脑开裂，像个石榴，不断有浓稠的血流出来。颈部紧紧缠着一条细细的女式皮腰带。

凶手用不知什么钝器击打千田美知子的后脑。美知子可能在那一击之下就已死亡。就算不是当场死亡，肯定也会在昏迷之后因流血不止而死。可即便如此，凶手还是谨慎地用她的腰带勒住了昏迷的美知子颈部。

皮腰带勒进千田美知子的皮肤中，仿佛在宣告凶手的意志坚决。这表达的是凶手对她恨之入骨吗？甚至让人觉得若是取下腰带，喉咙的皮肤会随之被带下来一大片。

十津川依然蹲在尸体旁边，扫视围成一圈的六个人。

"是谁杀的她？"

即使明知不会有人承认，可他身为警视厅搜查一课的刑警，自己人在这里，却让第二个人遇害。自责的念头导致他问出了这样一个傻问题。

当然无人回答。回应他的只有沉默。

"那,是谁发现的?"

"是我。"作答的人是佐佐木。

十津川轻轻叹了口气:"是你啊。你为什么要从我身边离开?"

"因为我担心。我想着要是分头去找也许不会再有人遇害。"

"找,你到底打算找什么?"十津川恼火地说。

这个老人啊,难为自己想要保护他,可他为什么要做出主动去招惹嫌疑的行动呢?

而且,偏偏还是他发现了尸体。他究竟想干什么?

"这个,就是——"佐佐木吞吞吐吐地说,"要怎么说呢,我自己也不太清楚,大概就是萌生了杀意吧。我要是知道谁是杀了冈村的凶手,就要把那个凶手找出来。"

"于是你来到这里,发现了被杀害的千田美知子?"

"是的。"

"之后呢?"

"发现尸体的那一瞬间我也在想该怎么办,在这里就算想打一一〇也没有电话。就在我想先告诉你这个刑警的时候,大家就来了。"

"警部同志。"滨野的眼睛瞪成了三角形怒视十津川,"你为什么不把这个老头抓起来?现在好了,又有人遇害了。"

"你的口气简直就像在说这位佐佐木先生是凶手。"

十津川以嘲讽的眼神看着滨野。

"不是就像,这老头就是凶手。"滨野也强硬地说。

"你有证据证明他是凶手吗?你看到他杀害千田美知子了?"十津川刁钻地问。

果不其然，滨野的表情有刹那间的茫然，可他马上说："证据是没有，可我们这些人里面，有杀害冈村及千田美知子动机的人，只有那老头。你要是不信，不妨挨个问问。"

"好啊，那我问问看。首先从你开始。你为什么能一口咬定你没有动机？"

"我在一年前案发的时候偶然开车经过案发现场，用相机拍下了杀人的场景。就连那个时候，我都还不认识冈村还有千田美知子。第一次见到他们两个人是作为案件的目击证人被警察叫去的时候，只在警局和法庭上见过。在法庭上，我跟他们二人的意见也没有分歧。到昨天为止，我完全没再见过他们两个人。也就是说，我完全没有杀害他们两个的动机。"

"你又如何？"

十津川的视线移到了山口身上。

"我也一样啊。因为住在同一条街上，所以我跟千田美知子也许曾见过两三次，可我从没跟她说过话。而冈村，我跟他更是素未谋面，在警局才第一次见。情况就是这样，我对他们两个人既不喜欢也不讨厌，我没道理杀他们。"山口提高声调说道。

"我也一样。"小林启作说。

"我常来'罗曼蒂克'喝酒，可没去过那条街上别的地方，所以也不认识千田美知子，更不认识冈村。我第一次见到他们两个人是那起案件发生后去警局的时候。可不管是当时，还是之后上法庭的时候，我都没跟他们深入交谈过。我没有动机。"

"你也一样吗？"

十津川看着三根文子。

文子脸色苍白地瞄了一眼倒在地上的尸体之后才说："我也

一样。我在警局第一次见到千田美知子的时候才知道我们住在同一条街上。冈村也是如此，要是他来我这儿喝酒我可能还知道他，可他从没来过。"

"因为案件被警察叫去的时候你才第一次见到他们两个人，对吗？"

"嗯。我对他们两个人几乎一无所知，没道理杀他们吧？"她微笑着说。

十津川最后看向安藤常。

安藤常和所有顽固的老太太一样，无动于衷地盯着千田美知子的遗体，闻言抬起头说："我也是案发之后被警察叫去，在警局第一次见到他们两个人，所以我没有杀他们的理由。我觉得没必要再多说什么了。"

2

　　五个人提出的主张似乎各具真实性。

　　他们说没有杀人的动机，十津川认为这多半是真的。

　　其中四个人都说案发之后，在警局第一次见到两位死者，这恐怕是事实。

　　滨野说他在案发当晚偶然经过那条街道，也不像在说谎，另外三个人说的也不像是假话。十津川这么想。

　　他试着回想在这座岛上初次跟他们七名证人见面时的情形。

　　他们每个人都对自己被人以非法手段拐带至此感到愤怒，但完全看不出这七个人里面有谁跟另外某人有仇。要说他们共同的仇敌，理应只有把他们带到这座孤岛上，拿猎枪威胁他们，要翻出一年前旧案的佐佐木一个人。

　　如果佐佐木被人折磨致死，十津川大概会毫不迟疑地把七个人全都逮捕归案。可被杀害的是冈村精一和千田美知子。

　　如果佐佐木不是凶手，那凶手为什么要杀害两个无冤无仇的人呢？这点他想不通。

　　十津川心里还有一个疑惑，就是那把弹簧刀。他此刻依然认为凶手想用刀行凶，才从"罗曼蒂克"的吧台底下把刀偷走并藏了起来。然而凶手为什么突然改变了主意呢？

偷走弹簧刀的人和杀害千田美知子的凶手不是同一个人吗？还是说凶手打算继续杀害第三个人、第四个人，准备到那时候才用刀行凶呢？

"喂，警部。这么下去我们全都会被杀啊。你想想办法呀。"安藤常苍白着脸对十津川喝道。

不用听下去就知道她想说什么，另外四个人想的也一样。可若佐佐木不是凶手，就算把他控制起来也解决不了任何问题。

见十津川沉默不语，滨野怒声道："警部，你在犹豫什么？你要是不把这个杀人魔鬼控制起来，我们就自己想办法了。"

"你说想办法，打算怎么做？"十津川站起来，转过身正面对着滨野问道。

"我们必须要保证不再有第三个人遇害。"

"你要动用私刑？"

"这是没办法的事吧。我们不会杀他，只是让他吃点儿苦头，老实交代是他杀害了两个人。等他认罪了，就把他绑起来，到离开这里之前把他控制起来。你该不会说这也不行吧？这直接关系到我们的性命啊。"

"不可使用暴力。"

"杀人就不是暴力了吗？"

"还不能肯定他就是凶手。"

"我不是说了我们要让他交代吗？你把他交给我们。"

"折磨他也解决不了任何问题。如果凶手在你们之中，不就成了使用暴力得出错误结论了吗？"

"你说凶手在我们之中？"

滨野环视着自己身边的另外四个人。

"你说说看，这些人里有谁需要杀害冈村和千田美知子？没有一个人有动机。相比之下，无论谁都能看出这个老头有明确的动机。警部，这你理应也很清楚吧？"

"我也赞同他的意见。"小林启作说。

"连你也赞成动私刑吗？你这年纪明明应该分得清是非。"

让十津川锐利的眼神一瞪，小林的眼睛垂下了片刻，可很快他又说："就像滨野刚才说的那样，我们不是说要杀了他。虽然他是杀害了两个人的魔鬼，就算杀了他也不足惜，可那样我们做的事就跟他一样了。我们已经做出了最大的让步。我们绝对不会杀他，请把这个人交给我们吧。"

"你口口声声说我们，另外三个人的意见是不是也一样呢？"

十津川逐一望向两个女人和山口。

"我赞成。"立即表态的是安藤常，"我也不想死啊。要是这么下去，就像是坐以待毙。"

"我也赞成。"山口瞄了滨野一眼说，"除了这老爷子之外，我想不出谁还有可能是凶手。就算手段多少粗暴一些，我觉得也无所谓。毕竟对方都杀了人了。"

"你也是吗？"

十津川看着"罗曼蒂克"的老板娘。

但凡有一个人反对，应该就能打乱他们五个人的统一意见。十津川心中对此暗暗期待，可老板娘垂下眼帘。"真不好办啊。"她对十津川说，"我讨厌粗暴的行为，可更讨厌就这样等着被杀——"

"也就是说，你赞成他们四个人？"

"嗯。这也没办法——"

"你能快点儿把那人交给我们吗？"

滨野用急躁的声音说，眼里杀气腾腾。

十津川退后一步，扫视着这五名男女。

滨野中等体形，身体健壮。可从他的举手投足来看不像练过柔道或空手道，也不太像打过拳击。

山口高高瘦瘦，可身型还是个孩子。

剩下三个人，一个从事情色行业的女人，一个老太太和一个退了休、刚上年纪，看起来没多大力气的男人。

这样的话，就算诉诸武力，自己好歹也能护住佐佐木。十津川在心里算了算。他上警校的时候就得过柔道冠军，现在对自己的臂力仍很有信心。

可他想避免动武。他不想伤害滨野等人，也不想让佐佐木受到伤害。

"不得不把你控制起来。"十津川对佐佐木说。

3

佐佐木晒得黝黑的脸微微扭曲:"警部同志,你也站在他们那边吗?"

"不。"

"那为什么要把我控制起来?"

"为了你自己啊。佐佐木,你要是听我的话,跟我待在一起的话,事情就不会搞成这样。可因为你自作主张一个人行动,眼下这个情况,我没办法保你。想想这些,就算多少有些不便,你也该忍耐一下,不然我很难做。"

"那要怎么控制我?"

"一定要让他们放心,请你把手背到身后。"

"你要把我绑起来?"

"是的。"

"我还有必须要做的事情,你把我绑起来我就做不成了。我没杀人。"

"我知道,你是想继续对你儿子的案子进行调查对吧?"

佐佐木凝视着十津川,不满之情溢于言表。

"还有别的办法吗?总比遭受私刑好吧。而且,你想继续质问的时候,我会帮你,我保证。"

"要是我说不呢？"

"那我就管不了了。大概只好靠蛮力跟他们硬碰硬。到时候两败俱伤，你的反驳质疑变得全无意义。要是这样也行，那我就什么都不做。"

佐佐木陷入沉思，一动不动。良久，他终于耷拉下肩膀。

"好吧。"他对十津川说，"可我能相信你说的，帮我继续质问他们的证词吗？"

"我说话算话。哪怕你出尔反尔，身为刑警，我也会信守承诺。"

"那你绑吧。"

佐佐木把手背到了身后。

"谁有绳子？"

十津川看着五名证人。

"我房间里应该有一根跳绳。如果这儿跟我的房间真的是一模一样的话。"

山口说罢立即跑开了。

过了十五六分钟，山口拿着一根三四米长的绳子回来了。

十津川用绳子把佐佐木双手的手腕结结实实绑了起来。

"这样你们满意了？"

十津川看着滨野。滨野绕到佐佐木身后，仔细检查了一下绳子的捆绑状况。

"这就暂且放心了。不过你不让他交代他杀了两个人的事儿？"

"我还不认为他是凶手。"十津川的口气多少有点儿冲，他冷冷地回敬道。

"那你至少让他把船叫过来，放我们回去。"

安藤常又用那双老鼠般的眼睛看着十津川。

"今天已经不行了。"不等十津川回答,佐佐木就对着安藤常干脆地说。

"为什么今天已经不行了?"滨野从身后戳着佐佐木的肩膀。

十津川抓住他的手制止。

"时间过了。"佐佐木说,"我刚才也说过,早上七点船到了这座岛的附近,可我因为还有不得不做的事情,就没发出信号,船原路回去了。明天同一时间,我事先租好的船会过来。要是在那之前一切都解决了,我会发出信号。这样大家都能回去。"

手被绑在身后,佐佐木侧过壮实的胸膛。

"信号是什么?"

"我不会告诉你。就算杀了我,我也不会说。"

"到头来这个人找各种借口要把我们困在这座岛上。"

安藤常发出刺耳的尖叫声。

"一定是这样。他从一开始就压根儿没打算放我们走。要是明天还被困在这座岛上,我就要疯了。"

"我的事做完了就会放各位回去。我保证。"

"你的事什么时候做完?"

"只要各位配合,今天应该能做完。"

"就算你继续你的反驳质疑,也绝对得不出你死在监狱里的儿子是清白的结论。"

滨野又想去戳佐佐木,十津川挡在二人中间。

佐佐木缓缓环视五名证人。

"我之前说过,就算得出的结论对我死去的儿子不利,我也可以接受。只是我不允许自己半途而废,否则我死在监狱里的儿子不会安息。"

"你要是满意了,就会放我们离开这里吗?"山口问。

"我可以保证。"

"那你快开始吧。要从哪里开始?"山口急躁地说。

十津川觉得这个年轻人似乎全然不在意事态有多严重,只想着早点儿回家。对两名男女被杀一事他好像也没怎么受到惊吓。这是当代年轻人的风格吗?

"不是开始,是继续。"佐佐木说,"要继续,就必须请各位再次回到那条街上。"

"我觉得你在白费力气。"

滨野耸耸肩。

"这具可怜的遗体就这么放在这儿吗?"

三根文子谴责地看看佐佐木,又看看十津川。

4

太阳照在尸体上。

这让那惨不忍睹的死相愈加显得触目惊心。

十津川为她合上了大睁的双眼,可僵硬的全身无一不在诉说对惨遭杀害的不甘。

十津川费尽心力把缠在她脖子上的腰带解了下来。整个颈部肿胀得通红,有多处内出血,可见凶手勒住她的脖子时用了多大的力气。

"应该不会马上就开始腐烂。"十津川像是在对空气说话,"要是今天把一切解决,明天能坐上船的话,就把这具遗体和冈村精一的遗体一起搬上去吧。"

"在那之前,就放在这里让她暴尸荒野吗?"文子不改谴责的口吻说道。

"很遗憾,除了放在这里也别无他法。要是埋了,往船上搬的时候又要挖出来。"

"可就这么放着也太……"

"有没有什么地方能找到毛毯之类的东西盖住尸身?"

十津川看着佐佐木,而佐佐木以双手绑在身后、行动不自由的姿势深深看了千田美知子的尸身一眼之后说:"她和冈村精一开的那辆车的后备厢里应该有一块塑料布。"

"我去拿。"

山口又跑开了，他很快拿回来一块蓝色的塑料布。

塑料布被盖到了尸体身上。

"话说回来，这杀人方式够残忍的。"佐佐木喃喃道。

"你为什么会这么觉得？"十津川明知故问。

佐佐木抬头看着十津川："要是我的话，不会在击打后脑之后还要勒住她的脖子。因为一开始的一击应该足以毙命。"

"那你觉得凶手究竟为了什么还要勒住她的脖子呢？"

"谁知道呢。会不会是凶手恨她恨到了如此地步——"

"要是有深仇大恨，我觉得凶手不会勒脖子，而是打烂她的脸，要不就是拿刀在她身上乱刺一气。"

"是呀。照这么一想，我也不知道了。"

"你们两个人鬼鬼祟祟说什么悄悄话呢？"安藤常冲他们话中带刺地说道，"我希望你们快点儿完事儿，让我明天能离开这座岛。"

"那我们回街上吧。"十津川说。

5

七个人又回到了那条仿造的街道。

在白天的明亮光线下看这条街,说不上哪儿像某种舞台布景。

十津川拍了拍佐佐木的肩:"我不能给你解开手上的绳子,不过你可以按自己喜欢的方式对他们提问。不要事后留下遗憾。"

"谢谢。"

佐佐木微微低头致谢后,挺胸站到了马路中央。

"接下来我想说说一年前那起案件最大的问题点。"

"你等等。在那之前,我想听听你要怎么质疑我那张拍到了关键瞬间的照片。"滨野对佐佐木说。

"那张照片要放到后面再来反驳。"

"为什么现在不能?"

"因为先解决其他重大问题之后,再说你的照片会更容易理解。"

"这借口可真蹩脚。我的照片无懈可击,没有反驳与质疑的余地。要是你无法反驳,就乖乖卷起尾巴认输不好吗?你要能这样,就不必浪费无谓的时间了。"滨野涨红了脸对佐佐木咄咄逼人地说。

十津川一声"你闭嘴"阻止了他："好了，大家都答应了让他继续调查。以此为交换条件，我才把他绑了起来。你有什么要说的，等他问完了之后再说。"

十津川声色俱厉。闻言，滨野不再作声。

佐佐木轻咳一声，调匀呼吸之后说："那么我来说说一年前那起案件最大的问题点。因为你们七位的证词，我的独生子很干脆被判了罪。我想大概是因为如此吧，审判的时候不知为何，有一个疑点辩护方和检察方都未曾提到。那就是案发当夜受害人的行动。"

"那有什么疑点？"十津川问道。

"受害人的名字是木下诚一郎，当时三十七岁。他是太阳物产的课长。那天晚上，木下诚一郎乘坐出租车路过，看到'罗曼蒂克'的霓虹灯招牌就进来了。老板娘的证词是这样的。"

文子"嗯"了一声表示同意。

"那位顾客是这样说的。他说正好想喝一杯，就叫停了出租车，下车进了我的店。"

"他是第一次来的顾客吧？"

"嗯。"

"然而——"佐佐木的视线转回到车道上，"木下诚一郎的公司和家都在同一个方向。这在警察的调查书及报道案件的报纸上都写得清清楚楚。要是有人不信，可以去看看放在'罗曼蒂克'酒吧里那份一年前的报纸。"

"的确在同一方向。"十津川说。

"那又怎么了？"滨野说。

佐佐木用下巴示意路口的方向："受害人的公司和家在那个

方向。也就是说，不管他是从公司过来，还是从家里过来，都是从那个方向坐出租车来的。他在经过路口之后看到'罗曼蒂克'的霓虹灯招牌，就让出租车停下，进来喝酒。"

"这为什么算最大的问题点？"十津川环视着马路及人行道，问佐佐木。

佐佐木走到了"罗曼蒂克"对面的人行道上。

"也就是说，受害人在这里下了出租车，过马路进入'罗曼蒂克'酒吧。警部同志，奇怪的是喝完酒之后，受害人离开'罗曼蒂克'准备回家，却在这边的人行道上被杀害。"

"我明白了。受害人要是想搭乘出租车回去，不需要过马路到这边来。明明一出门就可以拦出租车，为什么要过马路去对面呢？"

"正是如此。这件事审判的时候完全没有人提到。"

"那是因为凶手毫无疑问就是你儿子，所以不用提多余的事，肯定是这样。"滨野耸耸肩。

"可能是这样。"佐佐木没有反驳，点头同意，"可我很关心这个问题。为什么受害人离开'罗曼蒂克'后不马上拦出租车，而要过马路去对面呢？"

"我能想到几个理由。"十津川说。

十津川说："也许他不是要回家，而是要去相反方向上的熟人或朋友家，所以他才穿过马路，打算在对面拦出租车。"

"这我也想过。于是我在来这里之前，把受害人的交友关系及他认识的人还有亲戚都从头到尾调查了一遍。"

"然后呢？"

"结果是没有。跟他家相反方向上没有他的亲戚也没有他认识的人。而且受害人是出了名的爱妻狂，都说他之前从不曾夜不归宿。要是这样，他离开'罗曼蒂克'后应该打算回家。若是如此，他从酒吧出来，应该可以直接拦出租车。"

"那凶手拿刀威胁他，把他带到了对面人行道，这个想法怎么样？没这个可能吗？"十津川问。

十津川开始对佐佐木提出的疑问产生了兴趣。的确，为什么会在酒吧对面的人行道上被杀害是一个盲点。只是尚不清楚这跟整个案件会有怎样的关系。

"这我也想过了。"佐佐木声音沉稳地说，"但是，不是这样。请回想一下'罗曼蒂克'的老板娘和前来消费的小林启作的证词。根据他们二人的证词，受害人在快到十二点的时候离开，之后我儿子气势汹汹地冲了出去。你们再进一步回想一下千田美知子的证词。根据千田美知子的证词，十二点过五分左右，她看见一个男人独自穿过马路。她没看到两个人在一起。而紧接着就发生了凶杀，这点已经很清楚了。也就是说，受害人不知为何过马路到了对面的人行道上，凶手在其后也过马路到了对面。"

"那你认为受害人为什么要过马路去对面的人行道呢？"

十津川问佐佐木。他认为既然提出这样的疑问，这位老人肯定有他自己的答案。

可不待佐佐木回答，滨野说："这些事管他干吗？"

他怒不可遏地吼道："警部同志，我来说。受害人从'罗曼蒂克'出来，穿过马路到了对面的人行道上。不管理由为何，事实是他过了马路。然后在这里——"

滨野走到受害人的尸体倒地之处，用手指着那儿："他在这里被这老头的独生子佐伯信夫用弹簧刀刺死了。我拍到了他被刺死的那一瞬间。这是铁一般严峻的事实。这就是一年前凶杀

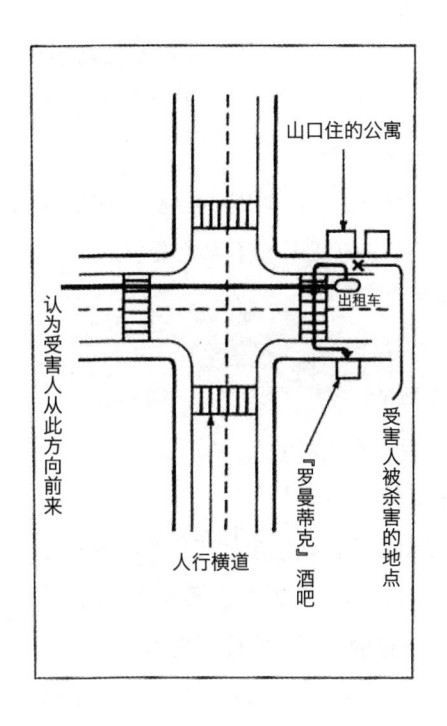

[图示：山口住的公寓／出租车／认为受害人从此方向前来／受害人被杀害的地点／"罗曼蒂克"酒吧／人行横道]

案的全部。除此之外的种种细枝末节，你掌出来翻来覆去地说也没意义吧？不对吗？"

"你干吗这么激动？"

十津川冷冷地看着滨野。

"我才没激动呢。我只是说毫无价值的追根刨底是在浪费时间。"

"我看不是这样。有什么事情被追根刨底出来会对你不利吗？"

"胡说。哪可能有！"

滨野涨红了脸。

十津川缓缓点燃一根烟。

"那不就无所谓嘛。到明天早上船来之前还有大把时间。对案件的细节多方面进行各种讨论，我觉得也不错。"

"可是啊，警部——"

滨野还要说什么，十津川厉声说："你要是再捣乱，我就会认为你在案件中的证词有不实之处。"

"别开玩笑。"

"那你就闭嘴。"

滨野不作声了。

十津川扫视着另外四个人。

"你们有什么异议吗？"

四个人互相看着，其中小林启作小心翼翼地开口说："我倒不是有异议，可你认为受害人在案发当夜离开酒吧之后，穿过马路到对面人行道的原因跟案件有关吗？"

"老实说，我也不知道。也许有关系，也许没有。可在审判的时候没触及这点是事实，所以我觉得拿出来讨论一下也很有意思。"

十津川如此回答完小林，又转过头对佐佐木说："请开始吧。"

6

"我来说说我的解释。"佐佐木望向众人,用自信的语气说,"我在建造跟真实一模一样的街道时,也在思考这个理由。结果我得出了一个结论,这个结论大概不会错。"

"是什么结论?"

"受害人在快到十二点的时候离开了'罗曼蒂克'。他是个爱妻狂,结婚之后一次也不曾在外过夜。当时那个时间,他理应直接回家。若是如此,那他出了门本应在原地等出租车,可为什么去了对面呢?我想了很多,最后找到了一个答案。那就是内急。"

"什么?"

"小便,他想解手。受害人从'罗曼蒂克'出来,正在等出租车的时候突然尿急。正常情况下他本可以返回'罗曼蒂克'借用洗手间,可我儿子刚和他吵过架在里面还没走。他大概怕又吵起来,于是没有返回酒吧,而是穿过马路去了对面的人行道。"

"对面也没看到有公共厕所啊。"

"这一带没有公共厕所。但是你们想想看,案发的时候是深夜十二点左右。这么深更半夜的时候,一个醉醺醺的人尿急,首先想到的是随便找个地方解决。不对吗？"

"哎，大概是会这么干。"十津川微笑道。

就连身为刑警的十津川，喝醉的时候也曾随地方便过。

佐佐木似乎从十津川的认可中得到了鼓励，他眼里放出光彩："受害人寻找合适的地方。而他找到的，就是这里。"

佐佐木走进了山口居住的公寓楼和旁边建筑之间一条狭窄的小巷中。

那是一条宽不到两米的小巷。

"现在是白天，光线很亮，可午夜十二点的时候这里应该相当黑，而且从小巷出来的地方路灯因故障不亮。请你们把这些记在脑中，再观察一下周围。还有比这条小巷更适合解决内急的地方吗？"

佐佐木的话让所有人都站在人行道上到处看。

"好像没有。"

十津川点点头。的确，要是晚上想就地解决内急，十津川大概也会进这条小巷。

"我是这样想的。"佐佐木继续说，"受害人来到这里解手，凶手从他背后悄悄靠近。等受害人解完手正要提上拉链的时候，凶手从背后一刀刺了下去。"

"喔？这想法很有意思。"

十津川双手抱胸，微笑着扫视着小巷，之后对佐佐木说："那你就是认为受害人在这里被刺伤之后，走到人行道上才倒了下去？"

"是的。大概他拼命想求助，挣扎着走向亮处，而在走到人行道上的时候，因体力不支倒地。这是我的想法。"

"但是啊，"滨野背靠在公寓的墙上，翻着白眼看着佐佐木，

"如果像你说的,受害人是在这里被刺的话,小巷里应该也会留下血迹,但是警察可没说在小巷里发现了血迹。"

"被刀刺中未必会鲜血四溅。我在巴西见过好斗的放牛人之间动刀打斗,一方拿刀刺在对方胸前将其杀害,可当时也几乎没流多少血,因为刺入身体的刀起了塞子的作用。一年前的案件也是,我认为受害人从小巷走到人行道的一路刀一直插在他背上,所以血没有流出来。受害人走到人行道上的时候,面朝下倒地。血是在刀被拔下之后才流出来的。没了塞子,大量鲜血才喷涌而出。"

"我可以也问个问题吗?"小林启作小心翼翼地开了口。这个退休的工薪族发言的时候总是显得小心翼翼。

"你想问什么?"佐佐木问。

小林摸摸索索掏出一根烟叼在嘴上,拿打火机点燃。

"你的推理相当有意思,可推理说到底只是推理而已。你要怎么证明受害人为了解决内急进了这条小巷呢?"

"我也想找证据证明自己的推理是正确的,做了很多调查。然后我找到了。警方的调查书上有几个地方对受害人的状态记录得很详细,其中有这样一句话:'……受害人的裤子拉链拉开了一半……'对此,警方似乎认为是受害人在'罗曼蒂克'喝得不少,因为喝醉了拉链自然拉开。的确,在电车里也会见到醉汉任由裤子拉链拉开,不成正形地睡得东倒西歪,警方大概就往这方面想了。可我认为至少在受害人身上不是这种情况。受害人应该没有烂醉如泥,对吧,老板娘?"

佐佐木看着"罗曼蒂克"的老板娘。她突然被叫到,脸上露出刹那的惊讶后说:"嗯。我感觉他没有喝得烂醉如泥,离开的时候脚步也相当稳。"

"谢谢你,老板娘。"佐佐木向她道谢。

"我还查到,受害人的西装是三个月前新买的。也就是说,不可能出现拉链不好用而自然松开这种情况。不过三个来月,拉链不会不好用。通过以上两点,可知受害人在这条小巷里就地解手,完事后拉链刚拉上一半,就被偷偷从背后靠近的凶手突然拿刀刺中。可以说是凶手在受害人最没有防备的状态下刺了他一刀。这样的话,谁都能将其刺死。"

"一派胡言。"滨野冷冷地说。

佐佐木坚定的视线投向滨野说道:"哪里一派胡言了?你说说看。"

"你的推理我觉得挺有意思,也相当有说服力。因为我喝醉了也经常在昏暗的小巷里解手。"

"这不是单纯的推理。是事实。"

"这不好说啊。支持你的证据仅仅是受害人的拉链拉开了一半和西装是三个月前新买的这两点。"

"受害人的西装是赤坂一家叫 S 的店做的。我问了很多人,他们都说这家店很讲良心,因做工精良而闻名。仅仅三个月,拉链是不会自己松开的。"

"即使这样,证据还是很薄弱。要是有目击者看到受害人在这条小巷解手的话,倒是另当别论。"

"有目击者。"

"谁?"

"是凶手。凶手应该看到了。"

第七章　疑虑

1

一瞬间，一阵异样的沉默支配了狭窄的小巷。

可这沉默也马上被滨野高亢的笑声打破了。

"这家伙太搞笑了。仔细一想，你说的凶手不就是你儿子嘛。你儿子在法庭上可只字未提看到受害人在这条小巷里解手啊。"

"是的，我儿子没说，因为他没看到。也就是说，他不是凶手。"

"荒唐。这不就是拿假设来证明假设嘛。一个是受害人肯定在小巷里解手的假设，一个是凶手肯定目击到了当时情形的假设。就算把两条假设结合起来，也证明不了你儿子是清白的。"

"哎，等等。"十津川抬手制止了滨野，"先听佐佐木说下去。就像你说的，现阶段的确只是假设，可这假设很有意思。"

"谢谢。"

佐佐木对着十津川微微低了低头。

"道谢就不必了，你往下说吧。"

"我一开始看审判记录的时候，感到很绝望。因为看起来没有一条材料对我儿子有利。多达七名证人指认我儿子是凶手，甚至连关键瞬间的照片都有。当时我儿子居无定所，有抢劫的前科，性格易怒。在这种条件下，法官判他有罪，连我都觉得不无道理。对我而言，唯一的安慰仅仅是我儿子始终在不断喊冤。我去见了为我儿子辩护的律师，还看了审判记录——审判记录我都不知道翻来覆去看了多少遍。看的时候我一心想找出什么漏洞，可实在找不到。好不容易找到的，就是这条小巷。受害人为什么会死在对面的人行道上呢？这个疑问给了我微薄的希望。我顺着这个疑问思考下去，想到了会不会是受害人在这条小巷里解手的时候被凶手从背后刺中的。我之所以抓着这个推理不放，个中理由警部应该很清楚。如果我的推理正确，受害人不是在人行道上，而是在小巷里被刺死，那我儿子是清白的可能性就增大了，因为检察官在起诉书中写的是'被告人在公寓楼前方的人行道上，用弹簧刀从背后刺中受害人'。"

佐佐木的脸上泛起红潮，眼里放出光彩。

十津川的微笑消失了。"的确。"他神情凝重地对佐佐木说，"正如你所说，如果受害人是在这条小巷里被杀害，你儿子就有可能是清白的。但是你应该也很清楚，你的推理依然没有脱离假设的范畴，尚无法成为你儿子无罪的证据。"

"我知道。但是这对我和我儿子而言是唯一的突破口，这也是事实。厚厚的审判记录不管看哪里，都没有别的突破口，所以我拼命钻研这个不起眼的疑问。的确，现阶段也许只是假设，但我就赌这个假设了。"

"两名证人的证词要怎么办？"十津川谨慎地对佐佐木说。

"证词？"

"山口博之和滨野摄影师的证词。你昨天精辟地指出了山口在法庭上所做证词的不实之处。有关电视节目的分析着实精彩，我深感佩服。山口博之承认他并未目击你的儿子刺死受害人的过程。但是，被害人在这里——"

十津川指着人行道上用粉笔画的人形图案。

"中刀倒地，你的儿子蹲在他的旁边，接着匆匆逃向安藤水果店的方向，这两点他没有改口。你能反驳这个证词吗？而另一个证人，滨野摄影师拍下的那张行凶关键瞬间的照片，你打算如何反驳？照片中的地方不是那条昏暗的小巷，很明显是人行道上。我对照片虽然不是很了解，但应该不是合成的。"

"我知道。对这些我想一件一件重作讨论。要是我能给出足够好的反驳，你是不是也会同意受害人在巷子里小便，完事后正拉起裤子拉链的时候被凶手从背后拿刀刺中这个推理呢？"

"不到那个时候我也不知道自己是否能全盘接受。可我承认这增大了可信度。"

"谢谢。请你来当一个冷静的旁观者果然是对的。"

"你别忘了我是被硬请来的。"十津川苦笑着说。

佐佐木的手依然绑在身后，他靠到路灯的柱子上，面向山口博之："首先，从你的证词开始，我们再来讨论一下。"

"又来啊——"山口像是闹起了脾气，一脚踢在公寓楼的墙上，"我在法庭上的确说了谎。不，说我说谎是不正确的，正确的是我在说真话的时候，添油加醋多了几句嘴。我在重要的事情上可没说谎。"

"把电视里的台词和现实中的凶杀案混为一谈，这仅仅是多了几句嘴吗？"

佐佐木用嘲讽的眼神看着山口，山口的脸红了。

"这点我昨天不是纠正了嘛。"

"那我们再来探讨一下你正确的证词吧。首先从最开始说起，你当时在看午夜十二点开始的《侠探杰克》的重播。而十二点十五分插播广告的时候,你从椅子上站起来想换换心情,打开窗户看向外边——"

"嗯,是啊。"

"那时你看到的是?"

"跟昨天说的一样。我不经意往下看向人行道,看到那边粉笔画的地方倒着一个人,凶手,也就是你的儿子蹲在旁边。他手里拿着刀。"

"他跟你的视线一对上,就慌忙往安藤水果店的方向逃走了?"

"嗯,就是这样。"

"你说你看到的时候,我儿子手里拿着刀,是真的吗?"

"是真的啊。我看到凶手拿着刀,还清晰记得刀刃上有血。我两只眼睛视力都是一点五。"

"我儿子惯用手是右手,那时候他当然也是用右手拿着沾了血的刀?"

"嗯。他是用右手拿着刀。"

"他看到你,吓了一跳,慌忙向安藤水果店的方向逃跑,那个时候他右手也拿着沾了血的弹簧刀?"

"是啊。"

"另外,老太太。"

佐佐木的视线猛地转向了安藤常。

2

安藤常面露愕然地"呃"了一声:"你叫我干吗?"

"你在法庭上做证说我儿子突然闯进来恐吓你。"

"事实是这样,我就这样做证。还有啊,昨天我说店里销售款在凶手的威胁下被抢走,你说我说谎,可那是真的。你儿子抢走了六千块的销售款。"

"关于这点,我昨天应该已经证明给你看了,那不可能。"

"不。我说被抢了就是被抢了。"

安藤常固执地坚持。在十津川看来,她的话也欠缺真实性,可佐佐木说:"那回头再来讨论一下这一点。现在我想先往下进行。"

"往下,进行什么?"

安藤常的眼睛又流露出像老鼠一样的不安神色。

佐佐木轻咳一声后说:"不管是你在法庭上的证词,还是你昨天说的话中,都没说我的儿子闯进店里的时候手里拿着弹簧刀。关于这点我想确认一下,他手里没拿刀吧?"

安藤常用忐忑的眼神看了看佐佐木,又看了看十津川,然后看了看山口博之。

"拿没拿?这很重要,希望你明确地回答我。我儿子闯进你店里的时候,他手里没拿刀吧?"

"不知道——"

"不知道?"

"山口说凶手拿着刀向我家这边逃跑——"

"我想听你的证词。"

佐佐木的声音大了起来。

安藤常搓着双手:"搞不好凶手也许拿着刀——"

"这很重要,你不要含糊其词。昨天你说我儿子突然拿起两个苹果装进口袋,所以你叫他付钱。在法庭上你也是这样做证的。"

"嗯。我是叫他付钱了。他想不付钱就拿走两个那么大的苹果,我才不干。"

"对方拿着一把血淋淋的弹簧刀指着你,你真敢说出让他付钱的话?"

佐佐木的话让安藤常又一次不作声了。

她沉默了,似乎心有不甘地瞪着佐佐木。

"所以说,"佐佐木说,"那天晚上你应该完全没想过我的儿子是杀人犯。也就是说,他手里没拿什么血淋淋的刀。"

安藤常默默无语。

"我认为我儿子当时手里没有拿刀的理由还有一个,那就是苹果。我儿子当时穿的外套口袋里只能放下一个大苹果,这就是说他把两个苹果分别放在左右两边的口袋里。但是我儿子右手拿着刀,用左手拿起苹果放进右边的口袋,必须要费劲地扭转身体,然而你的证词是我儿子很轻松地把两个苹果塞进了口袋,这就说明我儿子当时是空手的。他用两只手拿起两个苹果,放进了左右两个口袋里。对不对?"

安藤常又没回答。可这次她没再瞪佐佐木,而是低头看着地面。

佐佐木的视线回到山口身上。

"又轮到你了。你做证说我的儿子右手握着沾血的弹簧刀逃向安藤水果店的方向,而且是飞奔逃走的。"

"嗯。"

"然而他闯进安藤水果店里的时候,手里没拿弹簧刀。证词之间不一致的地方是怎么回事呢?"

佐佐木凝视着山口。

十津川跟昨天一样,对佐佐木的切入点之妙深感佩服。

但是,这究竟能否证明佐佐木的儿子是清白的,仍是个疑问。他总觉得佐佐木在跟案件主线无关的问题上竭力提出质疑。

山口皱着脸,使劲挠着留着长发的脑袋:"那肯定是他在到安藤水果店之前把刀处理了呗。"

"处理了?"

"就是丢掉了。他边跑边把刀丢掉,因为午夜十二点多的时候很黑,所以大概没人注意到。"

"很可惜,事实并非如此。凶器是在别的地方被发现的。"

"那就是他边逃边把刀装进了口袋里。手里要是拿着那么个东西,就像背了个牌子写着'在下是凶手'一样。"

"好吧,能想到的就是这些。"

"肯定就是这样。"

山口露出松了口气的表情点点头。不料,佐佐木话锋一转。"但是啊,"他继续说道,"根据你的证词,我儿子看到你之后慌忙逃走,并且是飞奔而去。安藤常也做证说他是直冲进来的。也就是说,我儿子一口气斜跑过这条马路,冲进了安藤水果店。

这个过程你从窗户看到了吗?"

"没。他一下就跑掉了,我马上打了一一〇,那个时候我没看。"

"这点我希望明确一下。根据审判记录,你的证词应该是这样的。你从窗户向下看,凶手——你说的凶手是指我儿子——你跟凶手的视线一对上,凶手就往安藤水果店的方向逃走了,所以你马上拨打了一一〇。是这样吧?"

"嗯,这些我绝对没说谎。凶手跟我一打照面就逃走了是真的,马上打了一一〇也是真的。"

"我倒不是说你说谎,只是想确认一些细节。"

"为什么啊?细节什么的又有什么所谓啊?"山口用气恼的声音说。那感觉并不是不诚实,而只不过是跟如今大多数年轻人一样嫌麻烦。

"那可不行。"佐佐木声音严厉地说,"不管是对我,还是对我死在监狱里的儿子而言,细节的真实情形也许会成为重要的线索。所以希望你配合。请你好好回想起一年前的事情,回答我的问题。你从窗户往下看的视线,跟我儿子的视线对上了。我儿子当即逃走。你说那之后马上拨打了一一〇,所谓马上,大概是多久之后?"

"就是马上啊,凶手一逃走马上就打了。"

"不够精确。你再仔细想想。你从三楼的窗户看到我儿子逃走。那时你没有待在原地看他要往哪儿逃吗?之后你才打的一一〇吧?"

"这又怎么了?"山口歪头看着佐佐木,"没什么太大不同吧。跑过马路的话只要五六秒钟,不管我是看到凶手跑过马路之后拨打一一〇,还是在那之前就打,只有五六秒钟的差别。

你为什么如此重视这么小的问题啊？"

"那你就是看到我的儿子穿过马路，冲进安藤水果店之后拨打的一一〇吧？"

"你为什么这么想？"山口嘟起嘴问。

佐佐木微笑道："一点儿心理学。人一碰到他在意的场景，总是想知道结果，很难移开视线。你看到了我儿子逃走，肯定想知道他往哪儿逃，对不对？"

"这个嘛……"

"因此，我不觉得你会不看看凶手跑去哪儿就拨打一一〇，从人的心理角度来看这实在很不自然。另外一点，你的证词中说的不单单是我儿子'受惊逃走'，也不是'往马路对面逃去'，而是'向安藤水果店逃去'。但是如果凶手一逃走你就移开视线拨打了一一〇的话，应该说不出'向安藤水果店逃去'这句话的。怎么样？"

"好了好了，爷爷啊。"山口用力叹了口气后说，"我看到凶手穿过马路，冲进安藤水果店之后拨打的一一〇。我想着要是不知道凶手逃向哪里，到时警察也会很头疼。这不是很正常吗？"

"你说得对，很正常。另外，我儿子他是慢慢走着穿过马路的吗？"

佐佐木这样一问，山口就用力摇头。

"他可是杀人犯啊。他跑得可猛了，一口气跑过了马路，转眼就冲进了水果店。"

"也就是说，他当时是在全力奔跑？"

"嗯，是啊。我对自己的跑步速度也相当自负，可那时候的凶手跑得可真快。"

"没有错吧?凶手飞快跑过马路,冲进了安藤水果店?"
"嗯。没错。"
"那不就有点儿说不通了吗?"

3

山口双脚用力跺在地面上瞪向佐佐木问道："你倒是说说到底哪里说不通了？"

佐佐木依然沉稳地回答："我跟你说啊，你此刻的证词是我儿子右手拿着沾血的弹簧刀，慌张逃走的时候也依然把刀握在手里。"

"嗯，那又怎么了？"

山口仍是一脸蒙的神情，使劲挠头。

佐佐木像是在对年幼的孩子说话一样。

"我跟你说啊，小子。"他说，"我儿子冲进安藤水果店的时候，右手没有拿刀，这是刚才安藤常的证词。然而你说我儿子逃走的时候右手拿着刀。这说得通吗？"

"没什么说不通的啊。他大概半路把刀收进了口袋里了嘛。"

"那是弹簧刀。"

"我知道啊，不就是能对折起来放进刀鞘里的嘛。凶手把弹簧刀折起来，放进口袋里之后进了安藤水果店，这不就没什么地方说不通的了？"

"但是，你做证说我儿子猛地逃走，一路狂奔冲进安藤水果店。像那样冲刺的时候能把弹簧刀折起来吗？而且他跑过的距离顶多只有三四十米,时间上只有四五秒钟。你觉得可能吗?"

"不试试也不知道啊。"

"那就做个实验吧。"

"可重点是那把刀不是让人藏起来了吗?"

"正如你所说,现在没有刀。只能找别的东西代替了。"

佐佐木双手绑在身后,四下张望。看样子有点儿想不到该拿什么来代替。

十津川向他伸出援手。

"用松树的小树枝如何?"

"松树枝?"

"是的。找一根长度跟弹簧刀一样的树枝,手里拿着树枝边跑边将树枝折成两截塞进口袋,这样应该能代替把刀对折塞进口袋的动作。虽然重量大不相同。"

"的确能行。"

见佐佐木点头,十津川一个人从"街道"离开,折了好几根长度跟弹簧刀一样的松树枝拿了回来。

十津川将树枝递给山口少年。

山口霎时间退缩了。

"要我来吗?"

十津川微笑着说:"还有别人吗?况且你刚才不是说对跑步很自负吗?你从地上画着人形图案这个地方,用右手拿着这根树枝一口气跑到安藤水果店,试着边跑边把树枝折成两截,放进口袋里。"

"我可不行。"

山口怂了。

"但是你做证说凶手肯定在全力奔跑的同时把沾血的弹簧刀

折起来放进口袋里。既然你给出这样的证词,你就有义务证明给我们看。"

让十津川强硬地一说,山口不情愿地站在了人行道上。

他深吸一口气,向安藤水果店跑了过去。

可就在他用双手握住小树枝的时候,脚步便变得不稳。虽然在跑,速度却变得跟走一样。即使这样,他也是好不容易才把双手握住的小树枝折断成两截,放进了口袋。

"这不行。"十津川大声喝道,"你要一边狂奔,一边把小树枝折成两截。"

"不可能啊。心思一放到小树枝上,就跑不起来了。根本不可能边跑边折断小树枝。"

"你再试一次。"

十津川又拿出一根小树枝,递给刚回来的山口。

山口嘴里抱怨着,又尝试了一次。

但是,奔跑中一旦要折断小树枝,跑步的力气就跟不上了。

山口把折断的小树枝丢到路上走回来,十津川对他说:"你还要再试一次吗?"

"够了。边跑边折断树枝根本不可能做得到。"

"但是呢,折断这样的小树枝比折起弹簧刀应该简单得多。折起弹簧刀还要担心割到自己的手,要是刀上有血,还会很滑,应该很不好折起来。是你做证说凶手在全力冲刺中这样做了哦。"

"警部,你在帮他吗?"

"我只是想知道事实。再来实验一次。你要是成功了,就说明你的证词是正确的。"

十津川又把一根小松树枝硬塞到了山口手中。

山口这次竭尽全力地跑了出去。他边跑边把双手伸向前,想要折断小树枝。

但是那一瞬间,双脚无论如何都会停下来。就算没停下,速度也会变慢。

"我来试试。"

这次滨野替下山口,成了实验对象。

他在旁看着似乎觉得很简单,可一旦拿着小树枝跑出去,他跟山口一样,折断树枝的时候跑步的速度便大打折扣。

滨野气恼地丢开小树枝说:"不可能同时完成两件事。要么跑,要么折树枝,一次只能做一样。"

"你说得对。"佐佐木说。

佐佐木看着山口问道:"你还要坚持说我儿子右手拿着沾血的弹簧刀逃走,冲进了安藤水果店吗?"

山口默不作声,涨红了脸。

"怎么样?"

佐佐木绷着脸追问道。

"我知道了啦。"山口说。

"你知道什么了?"

"我承认凶手不能边跑边折起弹簧刀。"

"也就是说,凶手看到你之后逃走的时候,已经把刀放进了口袋?"

"嗯,应该是。我以为他右手拿着刀,那是我的错觉。这行了吧?"

"那请你再正确地说一次。你的证词是这样的:案发当晚,你正在看电视的深夜节目《侠探杰克》的重播。凌晨零点十五分,电视插播广告,你想歇一下,打开窗户看向外边。结果看到窗户下方的人行道上受害人面朝下趴在地面上,我的儿子蹲在他的旁边,弹簧刀已经放进了口袋里。他跟你视线一对上,就慌忙逃走。他狂奔穿过马路,冲进斜对面的安藤水果店。你看到这里拨打了一一〇。怎么样?这可以吗?"

佐佐木不厌其烦地又问了一次。

"嗯,可以。"山口用气恼的声音同意之后又说,"这跟刚才也没什么太大不同吧?"

他神情有些扭曲。

"逃走的时候,右手拿着弹簧刀和把弹簧刀放在口袋里,这有什么差别?不同样都是带在身上?"

的确如山口所说。凶器带没带在身上,大概会大为不同,但是放在口袋里和拿在右手里,又有怎样的不同之处呢?

十津川也心存疑虑地注视着佐佐木。

佐佐木微微一笑,看着山口:"对你而言大概没太大差别,可这跟滨野摄影师的证词有很大关系。"

4

听了佐佐木的话，滨野用挑衅的眼神看着他："怎么跟我的证词有关了？不管情况再怎么变，你都拿这张关键的照片没办法。"

滨野得意扬扬地用指尖敲了敲贴在大幅底板上的照片。

见滨野这个样子，佐佐木用沉着的声音说："我啊，不承认什么关键的照片。"

"你说什么？你给我再说一次！"滨野面色大变，怒喝道。

"再说几次都行。我不承认有什么关键瞬间的照片。听懂了吗？"

佐佐木的声音极为沉着，可话里明显带着挑衅的意味。

"你这是对摄影师的侮辱。很多法庭审判都用照片作为证据，如今我这张照片也是那起案件的有力证据。"

"我知道。不管是对我儿子而言，还是从审判的正义角度出发，这都是一种悲哀。"

"你这话是什么意思？"

"人们先入为主地认为照片这东西正确拍出了事实，恐怕法官也同样带着这种先入为主的观念，所以对你引以为傲的那张照片没有丝毫怀疑，就拿来当证据了。"

"那你就是说我拍到的这张照片是假的？"大概是觉得身为摄影师的骄傲受到了伤害，滨野把眼睛瞪成三角形，对佐佐木咄咄逼人地说，"你只要看看底片，就能知道照片是完全没动过手脚的，也没有经过双重曝光。我敢对天发誓，这张照片完全是如实拍摄的。现在我仍清晰记得，我正好开车经过那儿的时候，看到你儿子刺中受害人。我慌忙停车，把相机对准他们按下了快门，拍下来的就是这张照片。"

"我并没说这些是假话。"佐佐木用沉着的声音说。

"那你在抱怨什么？"

"这放到后面再说。在那之前，有一点想跟你确认一下。"

"什么？"

"你把车停在那里，拍下了自称是关键瞬间的照片。"

"不是自称，那就是关键瞬间的照片。"

"现在你这么说也行。可若是如此，你在拍完这张照片之后，理应还继续关注凶手的行动？"

"那当然要关注了。"

滨野一脸"这么明摆着的事情还用问吗"的表情瞪着佐佐木。

"那你说说拍完照片之后的事情吧。你开车经过，偶然目击了行凶现场并拍了照片。那时你把车停在了那个位置对吧？"

佐佐木因为双手被绑在身后，所以用下巴示意停在马路上的本田思域。

滨野"嗯"了一声点点头。

"我想看看事态会如何发展，就把车停在那儿看了一会儿。无论是谁应该都会这么做吧。"

"你在审判中没有说过任何关于拍完照之后的证词，可你的确一直在关注着，对吧？"

"只不过是没人问，我才没说。可刚才我不也说了吗，我是一直关注事态进展的。法庭上没人问我，应该是因为这跟山口及安藤常的证词重复了。事实上我看到的也跟刚才山口说的一样。"

"那就是说，你目击了我儿子从尸体旁边离开，跑过马路，冲进安藤水果店里？"

"与其说冲进去，感觉更像是逃进去的。我还看到了之后的事情。凶手又从安藤水果店里出来，逃进了对面的黑暗中。之后只过了五分钟，警车就赶来了。要是警车再早来五分钟，那时候凶手应该就被抓了。"

"那么你说说我儿子冲进安藤水果店的情形吧。"

"是逃进去的。"滨野坚持道，"而且，你为什么对照片一事避而不谈，光揪着之后的事情不放？是不是对我拍的那张关键瞬间的照片挑不出毛病，才死抓着其他无聊的事情？要是的话，那可真笑掉大牙了。"

"关于照片，我应该说过了回头再说。继续往下进行吧。你也看到了与山口听见相同的场景？"

"是啊，我看见了。凶手从我的车头前方狂奔而过。"

"这你没拍照片吗？"

"我想拍来着。我说了很多遍，我是个摄影师，而且还是新闻摄影师，想拍下来不是很正常吗？然而因为他跑得太快，一下就从我车前跑过去了，所以我才没顺利拍到。拍倒是拍了，可焦点全都对不上，所以我没公开。"

"那我可以理解为，你用你那双摄影师的眼睛看得一清二楚的吗？"

"当然可以。"

"那我要问问,我的儿子从你车前跑过去的时候,手里拿着弹簧刀吗,还是把弹簧刀放在了口袋里?"

"不是已经验证过是放在口袋里吗?不是你自己硬说成他手里没拿刀的嘛。"

"我问的是你的意见。你说你看到我儿子从你的车前跑过去,那么你看得应该比山口及安藤常更清楚。你看到我儿子手里拿着弹簧刀跑过去了吗?"

佐佐木的提问让滨野眼里露出茫然。

看上去他似乎在踌躇该怎么回答。事实只有一个,而他在踌躇,这只能说明他自身也没有把握。十津川在旁看着他这样想。

如果山口的证词没被纠正,那滨野大概会毫不犹豫地说凶手拿着刀跑了过去。估计到今天为止,滨野肯定一直如此相信。

他坚信的事现在出现了动摇。佐佐木巧妙的反驳质疑让山口改了证词,于是滨野肯定也对自己的想法不再自信。

换个说法,滨野所坚信的只是这么一点儿靠不住的东西。

十津川饶有兴趣地注视着滨野,看他会如何作答。而他嘴里不断嘟囔着什么:"山口说他没拿在手里,那大概就是放在了口袋里吧。"

"'大概'这个说法可不行。"佐佐木极为冷静地逼问。

滨野的脸红了。

"那我该怎么说?"

"你只要把你看到的原原本本说出来就好。身为摄影师,你应该看得很清楚。"

"好了好了。凶手跑过来的时候手里没拿刀,这总行了吧?"

"很好。那继续往下说吧。"

"继续说什么？"

"你那张照片啊。"

5

佐佐木打住话头,像是在思索什么,没被绑住的双脚踢了踢地面。

"你——"佐佐木又看着滨野,"你拍完照片之后应该也一直在关注我儿子的动向。请你继续说一下,从那个时候开始到我儿子从你的车前跑过去为止的情形。我说的继续是这个意思。"

"我拍下那张照片之后,凶手在尸体旁边蹲了一会儿,不知在做什么。那个时候山口从公寓三楼打开窗户往下看,于是凶手慌忙逃走。"

"我儿子没注意到你拍照了吧?"

"我想没有,因为我没开闪光灯。我是用 ASA 2000 超高灵敏度的胶卷拍的。"

"明白了。你说你看到我儿子蹲在尸体旁边不知道在做什么,那时他应该在掏出钱包,之前我也说过,这我儿子承认了。可是那时,我儿子把刀放进口袋里了吗?"

"如果他在偷钱包,那拿着刀会很碍事,他应该把刀折起来放进了口袋。"

"别说什么大概、应该,请明明白白地把你看到的情形说出来。"

"你这人没完没了的真是啰唆。"滨野咂了下嘴。

佐佐木神情严厉地盯着他。

"什么叫啰唆。因为你们的证词,我儿子被当成杀人凶手送进了监狱,他喊着冤死在了监狱里。然而你的证词就是这么敷衍了事吗?"

他的语气变得尖锐。

滨野退缩了。大概因为佐佐木说的是对的。

"因为凶手拿刀刺中受害人之后,蹲在尸体的旁边,所以我没看清楚。"滨野不耐烦地说。

"这就是事实吧?"佐佐木又一次追问。

"嗯,是的。"

"接着山口打开窗户张望的时候,我儿子逃走了。你也承认那时候凶手已经折起弹簧刀放进了口袋。那将当时的情况连起来就是这样的:你拍完照片之后,我的儿子并未发现自己被拍,将弹簧刀折叠起来放进了外套的口袋,蹲在尸体旁边偷钱包。这时,山口从公寓三楼往下张望,我儿子慌忙从你的车前跑过去,冲进了安藤水果店。这没问题吧?要是有哪里不对,请指出来。"

"这就行了。"滨野声音恼火地说完,换了一个语调,"但是你为什么在一把刀上那么纠结?你跟山口还有安藤常说的时候也光是在意凶手逃走的时候手里是拿着刀,还是把刀折起来放进了外套口袋。这到底有多重要?那把刀是凶器这个事实不会变吧?"

"不会变。"

"你儿子也承认了那把刀是他的吧?"

"嗯，承认了。"

"那你说的话就没意义了啊。总不可能根据逃走的时候手里是否拿着行凶的刀，还是放在口袋里，来判他是有罪还是无罪吧？"

滨野说完后冷笑了一声，肯定是因为他坚信那绝不可能。

但是佐佐木面无笑意地说："这关系重大。"

"荒谬。我倒想听听理由。"滨野针锋相对地说。

十津川也不太明白佐佐木话中的含义。毕竟将人刺死之后马上将刀收进口袋里，也不会抹消刺死人的事实。

"我也想听听理由。"十津川也对佐佐木说。

佐佐木的手依然被绑在身后，他用力一跳，坐到了汽车发动机盖上，看着滨野说："接下来我想谈谈你的那张照片。那个时候刀是否放进了口袋很成问题。"

"怎么成问题了？"

"那就来谈谈你引以为傲的那张照片吧。"

"谈就谈。"

滨野把那张引起争议的海报照片放到了众人面前。

照片上，凶手佐伯信夫单膝跪在人行道上，双手紧握弹簧刀的刀柄，举到了自己面前。在佐伯的身下，受害人木下诚一郎躺在地上已经永眠。

"从这张照片很能看出问题。"

滨野环视着众人。

"凶手并不是突然举刀就刺，而是从背后将受害人推倒，骑在倒地的受害人背上，以这个姿势刺下去的。光这么看，也知道凶手是个残忍的人。所以我——"

"你说得不对。"

滨野说到一半,佐佐木打断了他的话。

"怎么不对了?"滨野瞪着佐佐木。

其他人也注视着他。

佐佐木又从车的发动机盖上跳下来,在众人脸上扫视过一圈后,对滨野说:"我在你车里应该放了一台相机,跟你平时用的那台一样。就是这台相机吧?"

"嗯,都是尼康F2。"

滨野举起咔嚓咔嚓拍个不停的相机。

"用起来怎么样?没有卷片杆不好转或快门太紧不好按之类的问题吧?我自认为选了一台好用的带了过来。"

"我虽然讨厌你,可这台相机用起来相当不错,快门也很轻,是好东西。"

"那就好。那天晚上你用跟这台一样的尼康F2拍下了自称是关键瞬间的照片。另外,那个时候照完照片后,胶卷就用完了吗?"

"不,还剩十五张。"

"这就怪了。"

"哪里怪了?"

"我跟你说啊。你在报纸及杂志上发表的,还有法院用来当证据的照片全都是完全一样的姿势。也就是说,底片只有一张。为什么明明还有胶卷,你却没继续拍下去呢?作为一名新闻摄影师,这不会不太正常吗?"

"我照了好多张啊。"

"那为什么那些照片没有公开呢?"

"刚才我不是都说了嘛。我拍了凶手从车前跑过去的情景,但是焦对得不太好,拍出来的照片拿不出手。"

"我说的不是这事儿。你拍到了我儿子举刀刺下的情形,那接下来我儿子理应做出了用刀刺入受害人后背,接着拔出刀、放进口袋这些动作。而这一系列动作,借用你的话说,是一连串的关键瞬间,我问的是你为什么没把这些拍下来呢?这张照片焦点也对上了,快门速度及曝光度也合适。凶手,也就是我儿子在同一场景下做出的动作,按理说只需要直接接续按快门就能拍到。然而你为什么只拍下了这一张?为什么没有一张刺中受害人那一瞬间或拔出刀的照片呢?"

"那是因为——"

滨野红了脸,吞吐起来。

"因为凶手的动作迅速,所以我来不及拍。拍完这张照片拉卷片杆的时候,惨剧就已经结束了。"

"那来验证一下你的话是不是真的吧。"

"验证,要怎么验证?"

"就是做个实验。拍这张照片的时候快门速度是多少?"

"快门开放二十分之一秒。"

"那就用这个速度来试试。也可以让你来操作,可你是当事人,未必不会下意识地做出调整,所以还是找别人来吧——"

"我来吧。"十津川对佐佐木说。

"你要是能来,那最好不过了。你用过相机吗?"

"水平大概远远赶不上专业的摄影师。不过我出于爱好,经常拍照。这不是挺好的吗?要是连技术不如滨野摄影师的人都能拍下好几张,那就说明你的观点是正确的。"

"也对。那就请警部来拍。还需要一个人来演我儿子,还有受害人的角色。我儿子就让山口来演吧。"

"又是我?"

山口夸张地皱起了脸。

"嗯,就你了。没有其他合适的人选了。接着是受害人。"

佐佐木来回打量剩余三人的脸,视线落在了小林启作身上。

"请你来演受害人。只有你一个人是男的。"

"我来啊——"小林一脸不情愿,"装一个死人多不吉利,还有点儿吓人。"

"这会儿还不是尸体,按滨野摄影师说的,只是昏厥倒地的受害人。"

"就算这样也让人不舒服。"

"你会演吧?"

"要是没别人了,也只有我来了。"

小林一边抱怨,一边面朝下趴到人行道上。

十津川从滨野手里接过相机,将快门的刻度调到三十分之一。

佐佐木拿出电视剧导演的派头,对扮演凶手角色的山口发出指令:

"首先,请摆出跟这张照片上相同的姿势,不过没有刀,就把纸卷起来替代吧。"

"这也要我来做?"

"也要你来。如你所见,我双手被绑着,什么也做不了。"

"OK,OK。"

山口态度略显轻佻地答应着,回自己的房间拿来一本周刊杂志,撕下几页卷成了弹簧刀的大小。

他双手拿着纸刀,跨坐到趴在地上的小林启作身上。一开始他好像不愿意,可这时候似乎觉得挺有趣。

"之后的事就交给警部了。"佐佐木对十津川说。

十津川隔着一段距离举起相机。

"山口。"十津川眼睛瞅着取景框,对山口说,"我一说'好',你就把纸刀砍下去,呼吸一次之后拔出来。"

"为什么要等一次呼吸?"

"你拿刀刺过人吗?"

"这事儿肯定没有啊。"山口大声喊道。

十津川笑道:"那你肯定不知道。人的肉体有相当大的阻力,拿刀刺入需要极大力气,拔出来的时候也要有力气。所以要等一次呼吸,好跟实际的时间相符。明白了吗?"

"一次呼吸,那是几秒?"

"你刺下去之后,慢慢数三个数之后拔出来。应该需要这么长时间。"

"数三个数对吧?"

"对。"十津川按下一次快门之后说,"好。"

山口挥下纸张卷成的刀,数完"一、二、三"之后,拔了出来。

这期间,十津川拉动卷片杆并按下快门。

他做到的次数是三次:刀刺入的瞬间、正要拔出刺入的刀的时候、拔出刀的时候。

他拍下的应该是这三张照片。要是专业摄影师来拍,大概还能再多拍一张。

"跟我预想的一样。"

佐佐木满意地点了点头。

6

"好了。"佐佐木凌厉地看着滨野,"这番验证显示,你应该至少还能再拍三张照片。这些也会是你说的关键瞬间的照片。要是专业的摄影师,按理说绝不会错过,可你却没拍。这不奇怪吗?你为什么没拍?"

"谁知道为什么呢。"滨野垂下眼帘,用脚踢着地面。

"我来告诉你原因吧。"佐佐木直视着滨野的脸说道。

滨野默不作声。

佐佐木轻咳一声之后说:"你不是没拍,而是没拍成。你刚才的证词是这样说的,拍下这张照片之后你也一直在关注凶手的动向。而且你还说拍下这张照片之后,凶手蹲在尸体旁边,所以拍不成照片,也看不太清。但是,这些话里漏了重要的一点。就像通过刚才的验证搞明白的,你有至少能拍三张照片的时间。"

"的确如此。"十津川说。

滨野听十津川这么一说,脸色苍白起来,他摆出死猪不怕开水烫的架势:"所以呢,那又怎么了?"

他瞪着佐佐木。

佐佐木的眼神反而变得更为冷静:

"你不是错过了机会，而是本来就没有拍下三张照片的时间。也就是说，你拍下的照片并不是凶手举刀正要刺下的瞬间，而是拔出插在受害人背上的刀的瞬间。因为是拔刀的情形，你当然没法像十津川警部在验证时所做的那样拍下三张照片。而下一个瞬间，我儿子把拔出来的刀折起来放进口袋，从尸体身上掏出钱包。你刚才的证词表明了这些。"

"你应该也知道这张照片不是凶手将要刺下，而是把刺人的刀拔出来的情形。对不对？"

"也许我的确是拍到了拔刀的情形。但就算如此，也不能说明你儿子不是凶手。"

"可这张照片就没有了你所说的关键意义。至少这点可以肯定。这我希望大家都听一下，之前我说受害人肯定是在公寓旁边那条狭窄昏暗的小巷里小便的时候被人从背后刺中的。持刀伤人的凶手逃走，被刺中的受害人就像落入小洞里的虫子会往光亮的地方爬一样，跌跌撞撞走出巷子，来到人行道上后倒地身亡。我儿子发现有人用自己的刀杀人，慌忙从尸体身上拔出刀，放进口袋里。滨野摄影师这张照片拍的就是那时的情景。"

"我承认，我拍的照片的确不是凶手将要刺中受害人的时候，而是把刀拔出来的时候。但是啊，就算如此也不能证明你儿子不是凶手。你儿子在人行道上拿刀刺中受害人，他把刀拔出来说不定是为了再补上一刀。不，我想绝对就是这样的。他本想再刺一刀，可因为山口打开了窗户，他只好慌忙逃走，没补这一刀。"

"我猜到了你大概会这么说。"佐佐木微笑道，"其他人也会觉得我儿子是为了再来第二下、第三下才把插在受害人身上的刀拔出来的吧。若是如此，我刚才说的推理就无法成立。正因为我害怕事情会演变成那样，才不厌其烦地询问我儿子逃跑的时候刀是拿在手里，还是放在了外套的口袋里。结果是确认了我儿子把刀放在了口袋里。而且他逃走的时候刀放在口袋里，就是说在逃跑之前已经收好了。也就是说，他从受害人背上拔下刀之后马上折起来放进了口袋。滨野摄影师说我儿子拔出刀是为了再补一刀，可由此应该知道事实不是这样的，因为要再补一刀的人不会把刀收进口袋里。"

佐佐木的话让滨野不再作声。

十津川也恍然大悟。他总算明白了佐佐木对刀如此执着的原因。

佐佐木自顾自满意地点点头，继续说："那么，让我对整个案件从头到尾说一下自己的推理吧。那天晚上，受害人木下诚一郎在'罗曼蒂克'酒吧喝完酒后离开。我想这个时候受害人是打算马上回家的，然而他正在等出租车的时候突然内急。这时，他看到路对面有条昏暗的小巷，就穿过马路，进入巷子里解手。这个时候，真凶从背后靠近受害人，在他解完手正要拉上裤子拉链这样最不设防的时候从背后将弹簧刀刺入。真凶刺中受害人之后就逃走了。那时候，我儿子还在'罗曼蒂克'酒吧里。他从酒吧离开的时候，压根儿不知道发生了凶案。我儿子信步穿过马路，走到对面的人行道上时，发现了倒在地上的受害人。受害人在小巷里被刺，跌跌撞撞走出小巷，在人行道上断了气。我儿子看到了尸体和插在尸体背上的刀。那一瞬间，他的酒肯定彻底醒了。我儿子发现插在尸体身上的是自己那把弹簧刀，便慌慌张张蹲在尸体上方，拔出了刀。这个情形让路过的滨野摄影师拍成了照片。我儿子并未注意到此事，偷走了从尸体口袋里露出来的钱包。就在这个时候，山口打开三楼的窗户往下望向人行道。我儿子慌忙逃走。但是，他逃走并不是因为他是杀人凶手，而是以为让人看到了他从尸体身上偷走钱包。证据是我儿子冲进了安藤水果店。因为他觉得就算被抓也只不过是偷窃而已，不是什么大罪，并且那个时候他口渴了，十分想吃水果。这就是一年前案件的真相。"

第八章　第三起凶案 ───────

1

谁都不出声了。令人窒息的沉默围绕着众人。

十津川掏出烟点燃后问佐佐木:"抽吗?"

"想抽一根。"佐佐木说。

十津川对另外五个人说:"把他的双手绑到前面不碍事吧?绑在后面他抽不了烟。"

没人回答。

山口欲言又止,没有作声。

十津川自行将沉默理解成允许,解开佐佐木手上的绳子,在他身前重新绑好之后,将一根烟递到他嘴边。

"谢谢。"佐佐木说。

十津川缓缓吐出一口烟之后说:"事情似乎变得复杂了。"

他仿佛在对着空气说话。

五名证人下意识地互相打量。

十津川看着佐佐木:"你对一干证人的反驳质疑着实精彩。有这本领,哪怕去当律师说不定也能干得下去。"

"我是为了我的独生子。要是别人的事儿,我不会这么投入。"

"也许是吧。另外,你的反驳的确精彩,然而并不会因此证明你的推理是正确的。这你自己应该很清楚。只是虽然证明不了,但你成功地挑起你的儿子也许不是凶手的疑问,所以这五位证人不知如何是好。他们开始疑心,搞不好自己把一个无辜的人冤枉成了凶手。正因如此,他们一个个都像雕像一样一言不发。"

"警部,你想说什么?"

佐佐木用绑在身前的双手灵巧地抽着烟。

"聪明如你,这些还不明白嘛。现在一切都变得虎头蛇尾。来这座岛上之前,一年前的案件已经结案了,以你的儿子是凶手盖棺定论。而如今明显产生了疑点,可又并非证明了你儿子的清白。这么下去也不是办法。这你也很清楚吧?"

"我知道。"佐佐木声音沉重地说着,把还剩下很长的香烟丢到地上,抬脚粗暴地踩灭,"我能为我死去的儿子做的事到此为止。如果审判的时候是我给我儿子辩护,我像刚才那样提出质疑,我儿子会不会被判无罪呢?"

"很可能会。"十津川说。

"那一年前审判的时候我就应该回日本。那时候,我压根儿没想到我儿子会扯入凶杀案里,我一心以为他跟我前妻过着幸福的生活。事到如今,就算我为我儿子做了同样的事,可已经无法在法律上证明他是清白的了。"

"毕竟要推翻已经判决有罪的案子很难。你证明了他们七个人的证词是靠不住的,可这些还不够,证明不了你儿子是清白的。"

"那要怎么办才好?"

"要指认真凶。如果你儿子不是凶手,那就必须找出谁是真凶。"

"我没那么大的能耐。要是能做到,我就不必做出这么麻烦的事情了。对我而言，离开日本十几年是致命伤。就算我能反驳七个证人的证词，也压根儿无法找出真凶。"

"那就让我来试试吧。"

"啊？"

"我说我来试试。"

"警部，你为什么要出手？"

"有两个理由。"十津川说，"第一，我个人很想了结这种虎头蛇尾的状态，这说到底不过是我个人的愿望。第二，在这座岛上已经有一男一女两人遭到杀害，我身为警察，必须解决这两起凶杀案。在破案的过程之中，一年前的案件自然会成为问题。可以认为冈村精一和千田美知子之所以被杀害，也是因为他们二人来到了这座岛上，就是说因为一年前的凶杀案被翻了出来，他们两个人才会被杀。如果这个推理没错，那解开岛上发生的凶杀案的同时，我认为，一年前那起案件也就会真相大白。"

2

"警部同志。"滨野叫了十津川一声。因为"关键照片"在佐佐木的反驳之下价值一落千丈,他一直显得无精打采,可此刻他似乎重又振作起来,说道:"杀害那两个人的凶手肯定就是这老头啊。他为了报把他的独生子送进监狱之仇,要把我们一个个杀掉。没有什么别的可考虑的吧?"

"也许是这样,也许不是。"

"那是什么意思啊?"

小林启作声音呆板地问。

"就是字面意思啊。"

十津川只说了这么一句。

"那就是说杀害那两个人的是除了这老爷子之外的人吗?"

小伙子山口歪头问道。

"也有这个可能。"

"可如果是这样的话,那动机究竟是什么?我没有非杀他们两个不可的理由,其他人应该也都一样。警部,关于这点你是怎么想的?"

"动机是一年前的凶杀案。除此之外还能有什么?"

"但是在那起案件上,我们七个证人的证词是一致的。老爷子的反驳质疑的确让事情变得怪怪的，可我还是坚信佐伯信夫就是凶手。我想别的人也一样。这样的话，非要杀掉两个同为证人的人不是全无道理可言嘛。"

"凶手也许不这么想。"

"我不太明白你说的意思。"小林启作一脸剑拔弩张，他看着十津川，眉间一条条深深的竖纹都皱到了一起，"听你话中意思，好像在说除了佐佐木之外的人，也就是我们这五个证人中，有一个是杀害了那两个人的凶手——"

"我认为也有这个可能。"

"但是滨野不是也说了嘛，我们没有动机。"

"究竟是不是真的没有动机呢——"

十津川面露沉思之色，眼神在空中游走。

温暖的阳光自明媚的天空倾注而下。这是个惬意的天气，让人怎么都想不到在这样一个地方，竟有两个人惨遭杀害。他甚至有种在白日做梦的感觉，可现实中，两具尸体就横躺在地上。

当然了，杀害他们两个人，肯定要有一个凶手。

十津川看向佐佐木。这个从巴西归来，晒得黝黑的健壮老人无力地坐在地上，把脸埋进双膝之间，显出一副疲倦的样子。

也许对七名证人的反驳质疑用尽了他的全部力气。

这个老人将所有财产统统用到了这座孤岛上。他建了房子，修了路，把七名证人和十津川弄来。这一切都是为了他死在监狱里的独生子，为了对七名证人反驳质疑。

结果就算不能证明他儿子是清白的，但他也许为自己已竭尽了全力而感到欣慰。

佐佐木的行为大概不单纯出于一个父亲对独生子的爱，更多的是出于自己十八年来对儿子不闻不问的赎罪心理。

若是如此，那佐佐木大概不会杀害七名证人。因为就算杀了他们，也不能证明他儿子是清白的。

如果不是佐佐木，那就是另外五个人中的某个人杀害了冈村精一和千田美知子。

（可动机是什么呢？）

十津川也在这个问题上碰了壁。但他期待着，若能打破这面墙，或许能找出一年前凶杀案的真凶。

十津川逐一看向五名证人。

自我表现欲膨胀的摄影师滨野光彦。

考大学两次落榜的山口博之。

与人欠缺沟通，遭到排挤的安藤常。

退休后给一家简陋小酒吧投资的小林启作。

酒吧老板娘，让人看不透她在想什么的三根文子。

他觉得这五个人不管谁是凶手，好像都不会太奇怪。

但为什么不是别人，而偏偏是冈村精一和千田美知子被杀呢？

凶手是否迫切需要杀害他们两个人？从杀害他们两个人开始，凶手还打算继续杀害其他人吗？如果是后面一种假设的话，那就是要把七名证人尽数杀害，这一来，绕了一圈还是佐佐木最像凶手。

"我说怎么觉得饿了呢，这不已经三点了嘛。"

山口冒失的声音冷不丁响起，打破了紧张的气氛。

3

山口这么一说，其他人也都看向手表。

如果山口是有意这样说来转移十津川的情绪，那他可是个不一般的演员，足以令人刮目相看。还是说他仅仅是因为年轻，在这种时候也会饿？

紧张的气氛被打破了，十津川也不勉强，决定先让大家吃个迟来的午饭。

所有人又一次进入"罗曼蒂克"酒吧，老板娘三根文子用现有的食材给大家做了顿饭。

十津川为佐佐木解开了绑着他手腕的绳子，他的手腕已经肿了。

安藤常跟刚才一样走到酒吧的角落，在那儿隔出一个只有她自己的空间，开始进餐。

滨野和山口面对面坐到同一张桌子上，边聊天边吃着三根文子做的炒饭。说是聊天，可主要都是滨野在说话。十津川漫不经心地听着他说摄影师这个严酷的行业，感觉就像是对人生后辈扬扬得意地进行教诲。

小林启作默默地吃着饭。这个刚上年纪的男人总带着一股阴郁的气质，不知道他在想什么。他一直工作到退休，多半是个谨小慎微的老实员工，然而并未因此得志。他给人留下的就是这样一种印象。

三根文子为大家做好饭之后，自己几乎没怎么吃，而是喝起了啤酒。

十津川跟佐佐木并排坐着吃饭。他跟着佐佐木，既是因为这是另外那五个人丢给他的任务，也是因为他自己有话想问佐佐木。

"我能相信你吗？"十津川停下筷子，问佐佐木。

"相信什么？"佐佐木慢条斯理地动着勺子反问道。

"冈村精一和千田美知子真的不是你杀的吧？"

"我不是为了杀掉七名证人才把他们带到这里来的。"

"他们可能会觉得，你是为了杀掉他们才把他们弄过来的。"

"哦，我当然知道。毕竟有两个人被杀，他们这么想也很正常。但我没动手杀人。我要杀他们的话，可以杀得更轻松。这条街是我建起来的。你不觉得我想弄多少机关就能弄出多少来吗？比如一靠就倒的墙，比如在不同的地方事先藏好枪。"

"也对。"

"可我没那么做。我倾尽全力只是要打造出跟一年前案发时相同的现场。因为我想知道真相，我的愿望仅此而已。"

"那么你找到真相了吗？"

"我觉得我探寻到了大概是真相的东西，我也能坚信我儿子的确不是凶手。但是，唉——"

佐佐木放下勺子，轻轻叹息。

十津川对佐佐木说："但是那些充其量只是你个人坚信的事，依然不能证明你的儿子是清白的。"

"哦，的确，你说得对。"

佐佐木又一次轻轻叹息。

"可我刚才也说了，我能做的已经全都做了。两名证人被杀不在我的计划之内，我不知道该怎么去理解。"

佐佐木摇头的时候，他们二人身后突然起了争执。

滨野和山口吵了起来。虽不知道原因为何，但山口一脸愤慨地从椅子上站起来，冲出了酒吧。

"怎么了？"

十津川看着滨野。

滨野耸耸肩说："我也不知道啊。我把我考大学的经验说给他听，他突然就生气了。"

"你说了什么把他激怒了吧？"

"谁知道。"

滨野不负责任地苦笑着，拿出一根烟点燃。

小林启作扭过头："是不是快点儿去把他找回来？要是他成了第三个受害者就要命了。"

十津川看着留在酒吧里的五个人："请你们留在这里不要乱跑。我去找山口。"

丢下这句话，他就冲了出去。

冲到人行道上，他四下扫视了一圈，可不见山口的身影。

想着山口可能又去了海边，十津川快步往之前找到他的海边走去。

大海依然平稳澄澈，可山口也不在这里。

（这小子真不让人省心。）

十津川咂了咂舌，就近找了一圈之后，暂且返回"罗曼蒂克"酒吧。他想着说不定山口也回来了，可一进酒吧，就惊讶地发现吧台后面只有三根文子一个人。

"其他人呢？"

他呆立在门口，文子把嘴里的烟在烟灰缸里掐灭。

"大家都去找山口了。"

"这帮人真不省心。我明明叫他们待在这里的。"

"一开始大家都老老实实待着，可滨野突然说要去找，就跑出去了。肯定是因为吵了架，他心里放不下。滨野跑出去之后，其他人也一下都走了。"

"安藤常也去了吗？"

"嗯，那老太太也喜欢凑热闹。"

文子轻轻一笑。

"你呢？"

十津川一问，文子说："我想着你回来的时候会着急，就留在这儿了。找到山口了吗？"

"没有，没找到他。"十津川有种不祥的预感。山口不会成为第三名受害者吧？

十津川正打算出门再去找找山口，门就打开了。他要找的人一脸轻松地走了进来。

山口轻轻"咦"了一声："其他人都怎么了？"

十津川在松了一口气的同时又觉得不太对味，他苦笑着："都去找你了，大家都怕你成了第三个受害者。你去哪儿了？"

"公寓里我的房间啊。我想去拿收音机过来……"

"我以为你去海边了，还去那边找你来着。"

"对不起。"山口低下头道歉。

过了一会儿，滨野及小林，还有佐佐木都分别回来了。

他们都说去海边找了一圈。

时间继续流淌。

只有安藤常没回来。

十津川心中蹿起一股不祥的预感。

"有人见过安藤常吗?"十津川大声问五个人。

众人只是面面相觑,无人作答。

见此情形,十津川急了,他独自向外冲了出去。另外五个人这才反应过来事情的严重性,跟在十津川后面走出酒吧。

十津川径直向安藤水果店走去。

大门关着。

(最后一次看到这里的时候,门是关着的吗?)

十津川边想边粗暴地拉开门,走进店里。

摆放在店里的水果散发出的味道包围了十津川。他闻到酸甜的香气中混着血腥味,脸色变了。

他一把推开面前的水果往里闯。

店的最里面有一间六叠大的房间。

安藤常趴在房间里,背上插着一把弹簧刀。

正是那把刀。

尸身没怎么流血,可即便如此,滴落的血也把榻榻米染成了褐色。

十津川没脱鞋直接踏进房间,在尸体边蹲下。

刀插得并不深,如果安藤常再年轻一点儿,也许不会死。她大概是因为被刀刺中,惊吓过度而死。

这时,另外五个人也一拥而入。

有人"啊"地大叫起来。

"她死了吗?"山口大声问道。

"死了。"十津川凝视着弹簧刀回答了一句后,抓住刀柄,一使劲把刀拔了出来。

刀插得浅，轻易就拔出来了。被刀堵住的血喷涌而出。

"果然是你杀的。"滨野冷不丁大叫着抓住了佐佐木。

"不是我。"佐佐木提高声调否认。

"你说谎。除了你谁会杀她。"

"是啊，是啊。"山口也叫道。

"是你杀的吗？"三根文子也皱起眉看着佐佐木。

"你想把我们统统杀死吗？"小林启作死死盯着佐佐木。

"不是我。我没杀任何人。"

"你骗人。除了你还有谁会杀死这么一个老人。"

滨野右手握拳猛地打在佐佐木脸上。

虽说是个老人，可佐佐木是在巴西的大草原上练出来的，要是他心存戒备，大概能躲开。然而他似乎没有防备之心，下巴上结结实实挨了这一拳，跌落到土间①的地上。

十津川从房间里跳下来，抓住滨野的手臂。

"住手！"十津川对滨野说，"你要还想继续，我奉陪。"

---

①日式建筑中进门与地面同高的部分，房间本身的地板高于地面。——译注

4

滨野的手是放了下来，可又涨红了脸对十津川发飙："警部同志，你不该解开佐佐木的绳子。你要是把他绑好了，这老太太就不至于被杀。"

"你似乎打心底认准了佐佐木先生是凶手？"

"对这老东西根本不需要称他为'先生'。"

滨野有点儿无理取闹。

"这老东西不是凶手，还会是谁？"

"这不妨冷静下来想想。明天早上之前还有时间。"

十津川沉声说完，转向从地上爬起来的佐佐木。

"你没事吧？"他问。

佐佐木轻轻拍了拍灰。

"在巴西的大草原上，我常被牛呀马呀踢到。这点儿小意思不算什么。"

"那要不要我再给你来一下？"滨野抻着脖子说。

十津川沉默地把滨野推了回去。

"警部同志。"小林启作在滨野身后叫了十津川一声，"接下来你打算怎么办？"

"当然是找出凶手。"

"那就是说你不认为这老头是凶手?"

"不,我没这样说。也许是他,也许不是。我只是想不带任何主观色彩地好好想一下。"

十津川把对滨野说过的话对小林也说了一遍,然后再次环视众人。

"如何?大家一起来分析一下在这座岛上发生的凶杀案吧?"

"要怎么分析?"小林不解地望着十津川。

"冷静地,有理有据地分析。这样的话,凶手自然就会浮出水面。这个凶手可能是佐佐木,也可能是另外某个人。"

"那我就拭目以待大名鼎鼎的警部同志大展身手了。"滨野语带嘲弄地说。

十九岁的山口眼里交织着不安和好奇。

"没有任何证据,能找出凶手吗?"他问。

十津川微笑道:"绝不可能有不留下证据的凶杀。证据并不限于指纹、足迹这些像名片一样有形的东西,还有心理证据。只要抽丝剥茧,把这些证据一个个挖出来,肯定能揪出凶手。这次的案件也是一样的。"

"谁知道到底能不能像你说的那么顺利。"

滨野笑得令人生厌。这个年轻的摄影师似乎对十津川庇护佐佐木一事颇为不满。

十津川把众人集中到安藤常横尸的房间里,之后,他向大家展示从尸体上拔出来的刀。

"这把刀应该就是在'罗曼蒂克'酒吧丢失的那一把。我认为是凶手把刀藏了起来。另外,杀害安藤常的方式跟前面二人有细微不同,这你们看出来了吗?"

无人应声。

小林启作问:"哪里不同?"

"请你们仔细看看这把刀。"十津川说,"请看刀刃这部分。你们应该看得出来刀刃只有一半沾了血。也就是说,刀只刺入了一半。恐怕没到达心脏,出血量也很少。死因应该是受惊吓而死。要是受害人再年轻一些,我想她大概不会死。另外,请你回想一下冈村精一和千田美知子二人被杀害的状态。"

十津川把手里的刀插进了榻榻米。榻榻米撕裂的声音大得惊心。

"首先是冈村精一。他后脑被石头砸开,又被抛入海中。从他后脑上的伤口之深判断,肯定在那一击之下当场死亡,可凶手还是唯恐不够,把他抛到了海里。这行为简直就像在害怕死去的人活过来。接下来千田美知子的情况也相同。她也是后脑被石头砸烂,可以推测是一击毙命,可凶手还要拿腰带勒住她的脖子。这些大家应该都看到了。然而凶手在安藤常身上却完全没有做得这么细致,刀刺入得也很浅。虽然安藤常最终因惊吓而死,但若非如此,她大概不会死。为什么会如此不同呢?"

"难道凶手不是同一个人吗?"

三根文子小心翼翼地说。

十津川摇头说着"不"。

"应该不是。这三起凶杀应该看作连环作案,我认为凶手是同一个人,否则说不通。前两个人肯定是因为他们是一年前那起案件的证人才遭到杀害,除此之外我想不到其他动机。第三个人安藤常也同样因为是一年前那起案件的证人,才会被杀害。动机是一样的,凶手却各有其人,这首先就不太可能。"

"可同一个凶手为什么杀人方式会不同?"

"这就是我觉得有意思的地方。"十津川微笑道。他感觉事情开始渐渐按他的节奏走了。

"你要是不给我们解释,我可完全不明白哪里有意思。"

滨野带着赌气的神情耸耸肩。

十津川瞥了滨野一眼:"让我们再来分析这三起凶杀。明明是同一个凶手,可他杀害前两个人的时候惊人地细致,却在杀第三个人安藤常时只是草草了事。用词可能不太合适,可他刺了一刀之后似乎根本不在意安藤常是死是活。总之就是跟前两个人的情况不一样,凶手没补上致命一击。"

"警部,那会不会是因为凶手知道她已经死了,所以没补上致命一击呢?"山口双臂抱胸,故作内行地歪着头对十津川说。

"不是。"

十津川当即否定。

"杀害之前两个人的时候,凶手应该知道击打后脑足以致对方于死地,尽管如此,凶手还是补上了一击。特别是千田美知子,凶手在她死去之后拿腰带缠住她的脖子,用力勒紧甚至导致腰带陷进肉里,就像是害怕死者还会活过来一样。同一个凶手,按理说会用同样方式对付安藤常,可不知为何凶手没有这么做。这样的杀害方式只用在了安藤常身上,就好像她万一幸存下来也无所谓。"

"我不太明白你说的意思。"小林皱起眉说。不知他是不是感冒了,轻咳了一阵才说:"结果你想说的是什么呢?"

"我只不过是冷静地分析事实。这其中要是有矛盾或不合情理之处,我就要将其找出来。这可能会让凶手浮出水面。好了,这次的凶杀还有一点怪异之处,你们看出来了吗?"

十津川又一次扫视众人。可跟之前一样,没有人说一句话。

十津川把插在榻榻米上的弹簧刀拔了出来:"那就是,凶手用这把刀行凶。"

5

滨野突然笑了起来。

"你虽然是大名鼎鼎的警部,可也没什么了不起的。"

"是吗?"

"不是吗?那把刀是凶手偷走藏起来的,他本来就打算拿来行凶。他用那把刀杀了老太婆没有一丁点儿奇怪之处。反倒是没用这把刀才奇怪呢。"

"你真的这么想吗?"十津川不怀好意地询问。

滨野大声"嗯"了一声点点头:"我就是这么想的。"

"可是呢,请你回想一下这把刀是什么时候被偷走的。这把刀从'罗曼蒂克'酒吧不翼而飞是在发生第一起凶杀案之后,也就是第二起凶杀案之前。就像你说的,凶手打算拿来行凶,才偷走这把刀并藏了起来。在那个时候凶手显然已经预先知道要杀害第二个人,并且打算用这把刀行凶了。然而千田美知子并不是死于刀下。她被人用石头打破后脑,又被腰带勒住了脖子。那个时候凶手为什么不用其特意提前偷走的那把刀呢?我一心以为凶手把偷来的那把刀弄丢了,因为我想不出别的原因。然而等到第三次行凶的时候,凶手却用上了这把刀。这样你们能明白,我为什么会说事情奇怪了吗?"

滨野摆出不屑于承认的神情把头扭向了一边。反而是山口说："的确挺怪的。"

他眼里放着光。

"可这不是有很多种解释吗？"一直沉默的佐佐木插嘴道。

"你说有很多种解释的意思是？"十津川问了回去。

"比如说啊，假设凶手偷走这把刀之后，藏在了这附近。杀害千田美知子的地方离这里很远，所以他没法用刀，才用了现场能找到的石头。而这次因为刀放在能马上拿到的地方，所以他用了。会不会是这样单纯的理由呢？"

"很可惜，不是。"

十津川口中否定着，嘴角却浮现一个微笑。他喜欢像这样各抒己见，通过意见碰撞从而抵达真相的方式。

"凶手偷刀是为了杀害第二个人，我想到此为止应该谁都没有异议。而凶手是不是一开始就打算在那片松树林里杀害千田美知子呢？答案是否定的，因为谁都预料不到她会去那儿，如果凶手预料到了，他会事先把刀藏到那附近。这样的话，凶手应该是把刀藏在了能马上拿到手的地方。不管是谁肯定都会这么做。所以第二起凶杀案发生时，凶手按理可以马上取刀前往松树林。可尽管如此，凶手在杀害第二个人的时候，没有用他专门为此偷来的弹簧刀。"

"那为什么呢？"

佐佐木不解地看着十津川。

"你认为是为什么呢？"十津川反问道。

佐佐木面露困惑之色。

"我怎么可能知道，毕竟那时我就在你的监视之下了。"

"这就是原因。"

"这就是？"

"对。我们可以想到两个理由。第一个就是：假如你是凶手。"

"我没杀任何人。"

不出所料，佐佐木提出抗议。

十津川笑道："哎，你先听我说。我说的是其中一个推理，先假设你是凶手。那时候你在我的监视之下，你是在我到海岸找到山口的前一刻才把我甩开，不见了踪影。也就是说，如果这把刀藏在这条街上，那你在受到我监视那段时间里是拿不到刀。因此，在海岸边把我甩掉之后，到在松树林杀害千田美知子为止，这段时间你拿不到刀，没办法才拿石头猛砸千田美知子的后脑，用她自己的腰带勒住了她的脖子。这么想的话，就能理解凶手在杀害第二个人的时候，为什么没有用他专门费劲弄到手的刀。"

"喊，凶手不还是佐佐木嘛。"

滨野撇撇嘴看着十津川。

"你装模作样的，搞得我还以为你说凶手是别人呢，可就算按你的推理，佐佐木是凶手不也没有任何问题嘛。他这是为自己儿子死在狱中一事报仇。事情不过如此。"

"不。"十津川摇了摇头，"我应该说了能想到两个理由。刚才我说的是其中一个。"

"那你快说另一个推理啊。"山口大感兴趣地催促道。

"另一个就是佐佐木不是凶手的情形。你们想想，事情会变成什么样呢？在这之前，再想想这把弹簧刀吧。我是说这把刀会跟谁关联在一起。"

"当然是佐佐木啊。"滨野说，"刀是他带来的嘛。"

"你说得对。只要有一具尸体,其背上插着这把弹簧刀,任谁都会想到佐佐木。要是除他之外另有凶手的话,那凶手藏起这把刀的理由只有一个,那就是他算计好只要用这把刀杀人,嫌疑肯定会指向佐佐木。因此,凶手在杀害第二个人的时候本打算用这把藏起来的刀。然而就在事到临头之际,佐佐木被我监视起来。这个情况让凶手着了慌。他就算拿刀杀害千田美知子,嫌疑也不会落到佐佐木头上。岂止如此,还有可能带出更多不妙的事情。于是凶手匆忙放弃用刀,而是用石头杀害了千田美知子。可结果是佐佐木把我甩开了,凶手其实也可以用刀。"

"我那个时候想着无论如何都要防止再有人遇害。既是因为各位都怀疑我,也是因为继冈村之后,千田美知子不能死。我这么想着,就拼命找她。所以我绝对没有杀她。"

佐佐木看看十津川,随后又看看另外四个人。

"你的心情我倒能理解——"十津川对佐佐木说,"但是,那时候你要是跟在我身边没有离开,事情也不至于弄得如此麻烦。凶手肯定是除你以外的人。"

"可是,我——"

"别再解释了。"十津川不由分说地打断了他的话。

"问题是杀害了三个人的凶手是谁。"

"这不是已经显而易见了嘛。"

滨野用挑衅的眼神看着十津川。

"哦?怎么显而易见了?"

"杀害三个人的肯定就是佐佐木啊。"

"理由呢?"

"来想想如果凶手不是佐佐木的话会怎么样。凶手为了栽赃给佐佐木，把弹簧刀藏了起来。到这里为止我跟警部的意见相同。"

"那可谢谢你了。"

"但之后就不一样了。凶手选择千田美知子为下一个杀害对象。大概是凶手把她引到那片松树林去的。然而你跟他意图嫁祸的佐佐木形影不离。就算凶手用弹簧刀杀人，佐佐木也不会被当成凶手。岂止如此，不管用什么方法杀人，佐佐木都不会是凶手。如果是这样，那凶手只要放弃杀人就好了。如果佐佐木不是凶手的话，应该没必要在那个时候急着杀害千田美知子啊。可尽管如此，凶手还是杀了她，也就是说，凶手说来说去还是佐佐木。如果他是凶手，反正想把我们所有人都杀死，所以不管是一个人还是两个人，他肯定想尽快能杀一个是一个。先把人家脑袋砸碎，之后还细致入微地勒人家脖子，这怎么看都是仇恨的表达。佐佐木认定是我们七个人害他儿子死在狱中，所以他恨我们，而且还不是一般的恨。他对我们恨之入骨，以至于要在砸碎脑袋之后还要把人丢进海里或勒人家脖子。"

"挺有意思的。"

"这就是真相。"

"但是，你要怎么解释安藤常的情况呢？凶手杀害安藤常的方式很潦草，像这样的杀害方式怎么想都不觉得有仇恨在内。还有一点，正如你所说，凶手在杀害千田美知子的时候觉得没法嫁祸给佐佐木，所以凶手就是佐佐木。但是啊，要是除他以外的那个凶手当时有无论如何都要杀害千田美知子的理由，那就另当别论了吧？"

"能有什么理由呢？根本想不到除了佐佐木以外的人，还有宁可让自己暴露在危险之下，也要杀害千田的理由。"

"这我也有同感。"小林对滨野表示赞同。

"为什么你会有同感呢?"十津川问小林。

"我们七个人是一年前凶杀案的证人,没有其他共同点。不对吗?证据就是我们因那起案件出庭做证之后,直到被带到这座岛上为止,从不曾有谁有过要杀死谁的意图,也没出过什么事儿。来这里后,七个人中有三个人被杀害,他们的共同点就像刚才说的那样,只是一年前凶杀案的证人这一点。也就是说,他们三个人是因此被杀害的。警部,你应该也想不到别的原因了。因为是证人所以被杀害,那么如果凶手在我们几个人之中,那他不必等来到这座岛上之后再杀人。动机是不会变的,凶手在来这里之前就有杀人的理由。然而那么长的时间里,他却一个人也没杀。也就是说,没有动机。这就是说来到这座岛上之后,我们也没有互相杀害的动机。在这座岛上,有杀害他们三个人的动机的,只有佐佐木一个人。所以,我赞同滨野的意见。"

说完之后,小林挺了挺胸,像是在问"怎么样"。

"我也认为他们说得对。"山口像在跟着凑热闹似的表示赞同之意。

十津川苦笑着看看山口,又看看小林。

"刚才小林说,你们几个的共同点只有同为一年前凶杀案的证人这一点,所以凶手盯上你们的动机除了你们是证人之外没有其他原因。在这点上,来这座岛之前和现在都是一样的。他还说到了岛上之后突然被杀害,是因为佐佐木就是凶手。"

"不就是这样的吗?"

"不,不对。"

十津川态度坚定地顶了回去。

6

十津川将一根烟叼在嘴上点燃。经过与滨野等人交换意见，通过发言并倾听的过程，他脑中的想法一点点成形，真相亦随之呼之欲出。

"你们来到这座岛上之后发生了变化。确切地说，变的不是你们，而是你们的证词。来这里之前，你们的证词无懈可击，至少让人觉得无懈可击。正因如此，法庭才会采纳你们的证词，判佐伯信夫有罪。可来到这里之后，在佐佐木的反驳质疑之下，你们的证词不再无懈可击，对不对？冈村精一和千田美知子两个人做证说，看见凶手佐伯信夫手持弹簧刀横穿马路，可这份证词暴露出了不实之处。他们二人承认没看到对方的脸。千田虽然看到有人从车前经过，可没看到那人的脸。安藤常做证说佐伯信夫单手持刀硬闯进来，不仅殴打她，还抢走了销售款。但这也是谎言。佐伯信夫冲进水果店是事实，可他既没殴打安藤常，也没抢走销售款。来了这里之后，我们才知道这三个人的证词与事实不符，或者不应该说知道，而是被揭穿了。若是如此，那我认为与其说他们三个人因为是证人而被杀害，更应该考虑是因为证词改变而被杀害。"

"但是啊，警部同志。"小林反驳道，"虽然证词有所改变，可并没有一个人说佐伯信夫是清白的，只不过被指出来多多少少有含糊的几点而已。就为了这点儿改变就要杀害三个人，我觉得这想法很牵强。"

"我同意。"滨野立即大声说着，目光尖锐地看着十津川，"我那张照片也一样。我承认照片拍的的确不是凶手举刀将要刺下的时候，而是拔出刀的瞬间，但若因此就想证明佐伯信夫的清白，这太荒谬了。佐伯是凶手一说依然有很大概率是对的。不管是我们这四个人，还是被杀害的那三个人，应该都是如此，现在仍坚信佐伯信夫就是凶手。认为他们因改变证词被杀害，这个想法站不住脚。"

滨野的态度依然带着挑衅意味。

山口不停眨着眼睛。他大概也依然认为佐伯信夫就是凶手，就和一年前的判决一样。即使自己的证词被指出不够真实，人也总是不愿意去改变自己的结论。如果他们把一个无辜的人错认成凶手，那他们的良心肯定会受到深深的谴责。不管是谁，自然都不想让自己陷入如此境地。

"好像有点儿冷——"

三根文子说着，肩膀哆嗦了一下。

外面天色还相当明亮，可房间里已经微微暗了下来。

十津川伸手点亮了灯。

荧光灯青白色的光照在众人脸上，也让安藤常的尸体在光线下一览无遗。

"我也能理解你们的主张。"十津川说，"的确，证词有所变化，但尚不能证明佐伯信夫的清白。可是呢，你们想想看，如果凶手不是他，而是另有其人——我说的另有其人是指凶手是你们七名证人之一——对那个人而言，几位证人的证词哪怕稍有一点儿改变，肯定都是非常可怕的。我想是这份恐惧让他对证人下手，杀人灭口。"

第九章 判决

1

除了佐佐木以外，另外四个人神情都变得紧张起来，活像正被人指着鼻子说自己是真凶。

十津川像是为了缓解众人的紧张情绪，刻意又拿出一根烟点燃。似乎是受他此举影响，小林和滨野也从口袋里拿出烟叼在了嘴上。

"让我们再来想一想冈村精一和千田美知子接连被杀害一事吧。"

十津川说出主题。

"杀害他们两个人的方式有共同之处，这我刚才说了。行凶手法极为细致，可以清晰地看出凶手绝不允许他们活下来的强烈意志。那么，凶手为何对安藤常处理得如此漫不经心，而对冈村精一和千田美知子二人却如此细致呢？是因为对他们二人的仇恨格外之深吗？不，他们三个人在证人的身份上没有任何区别。是因为比起安藤常，另外两个人的证词在审判中有更为关键的分量吗？也不，他们二人在审判的时候，仅仅做证说佐伯信夫拿着刀从他们车前跑了过去，并没有说看到了他杀人。反而是安藤常的证词中说案发后，佐伯信夫持刀闯进水果店，打伤自己并抢走水果和销售款，这理应让法官对佐伯信夫留下了负面印象。进一步说，我坚信比起他们三个人，活下来的四个人的证词在审判中具有更重的分量。小林启作和三根文子的证词中说佐伯信夫在'罗曼蒂克'酒吧里醉酒，与受害人发生争吵，后来还抓起刀子紧追受害人冲出酒吧。而山口在审判时做证说他从三楼的窗户目击了佐伯信夫举刀刺入受害人后背。还有，滨野摄影师在审判中提交了佐伯信夫举刀正要刺向受害人的照片。任谁都能看出，这四个人的证词及照片在审判中起了决定性的作用。如果佐佐木因他们把自己的独子送入监狱而心怀仇恨，要挨个将证人杀害的话，应该是他们四个人先遇害，否则说不通。"

说到这里，十津川顿了一下，把烟灰弹到了水泥地面上。

"也就是说，从杀害三个人的方式来看，如果认为佐佐木是凶手，并认为一年前在审判时的证词是起因的话，就不合情理了。那要怎么想才合乎情理呢？那就是除了佐佐木以外，另有凶手。就像我刚才说的那样，由于来到这座岛上之后证词有所改变，出于这个原因，三个人遭到杀害。这么一想，才终于合乎情理。在这座岛上，冈村精一、千田美知子、安藤常三个人的证词发生了细微的改变，这个改变对佐佐木不是那个真凶而言情形不妙，他才会杀人。这么一想就合情合理了。"

"但是，警部同志。"小林皱着眉说，"我身为旁观者，冷静地看下来，不觉得那三个人证词的改变之中有导致他们被杀害的重大理由。如果像你说的那样，一年前案件的真凶并非佐伯信夫，而是另有其人，由于他们三个人的证词有了改变，致使真凶浮出水面，那因此被杀倒是说得通。可我完全不觉得有这个迹象啊。"

"那我们就来重新讨论一下那三个人证词的变化吧。首先从安藤常开始。她说佐伯信夫案发后闯进水果店，这没变，只有闯进去的时候手持沾满血的刀和将她打倒在地这点变了。这个变化对真凶而言，不构成任何威胁。"

"那她为什么被杀？"

"为了掩人耳目。"

"啊？"

"凶手杀害安藤常，是为了让事情看起来是佐佐木下的手，是他要将七名证人全部杀掉，所以并不是非她不可。我认为凶手想要通过此举，以防有人对冈村精一和千田美知子的死产生怀疑。这里要说到证词的改变了。审判的时候，他们二人口径一致说，看到佐伯信夫手持弹簧刀在零点过五六分的时候从'罗曼蒂克'酒吧往凶杀现场跑去。只要他们的证词如此，真凶就是安全的。所以在上这座岛之前，他们二人没有被杀害。可这份证词变了，变成怎样了呢？千田美知子那时在与冈村拥吻，没看到跑过去的人的脸，变成了看到有人经过。我认为重要的反而是后面一段。虽然不知道那人是不是佐伯信夫，但是她目击有人在即将出事的时候从'罗曼蒂克'酒吧经过他们车前往凶杀现场跑了过去。若是如此，那冈村精一有可能也看到了相同的情形。这个新的证词对真凶而言有多么可怕，各位应该也明白。"

十津川目光炯炯地在围着自己的五个人脸上扫过。

"他们二人可能透过前车窗看到了凶手。虽说他们说没看到脸，但也许过不了多久，他们会回想起凶手的服装及跑步方式等。而他们回想起来的那些东西与佐伯信夫不符，反而跟另外某个人吻合会怎么样？真凶大概坐立不安，必须在他们二人回想起来之前让他们永远闭嘴。于是真凶一气呵成地将他们二人接连杀害。不管是冈村精一还是千田美知子都一样，明明仅仅用石头把他们的后脑砸碎就必死无疑，可真凶即使觉得他们应该死了，还是怕他们两个人会被救活说出真相，所以才会把冈村精一抛进海里、勒死千田美知子，以保证他们绝不会再活过来。因此，他们二人之所以被以那样残忍的方式杀害，原因不是凶手对他们恨之入骨，而是源自凶手的恐惧。"

2

"那你说那个真凶究竟是谁啊？"山口性急地问道。

十津川微笑道："这一来，除佐伯信夫以外，真凶另有其人的可能性就增大了。让我们先假设有另一个真正的凶手，继续往下分析。滨野摄影师拍下了佐伯信夫从受害人的背上拔下弹簧刀那一瞬间的照片。若真凶另有其人，将那把刀刺入受害人背部的就不是佐伯信夫了。也就是说佐伯信夫从'罗曼蒂克'酒吧出来，横穿马路走到对面人行道上的时候，受害人木下诚一郎已经被真凶杀害。而且重要的是凶手用的是佐伯信夫的弹簧刀，那凶手就是先于佐伯信夫拿他的刀杀害了木下诚一郎的人。"

十津川看看小林启作，又看了一眼三根文子。

另外三个人的视线也自然投向他们二人。

小林涨红了脸刚想说什么，被十津川伸手制止了："当然，这个真凶假设一说会跟七名证人中某一人的证词相矛盾。反过来说，和谁的证词相矛盾，那人就是真正的凶手。我们来一个一个想想这七个人的情况吧。首先被杀害的那三个人怎么样呢？他们的证词变了，可以看成矛盾已消除。千田美知子的证词是不知道看到的那个人是谁，所以她几乎不可能是真凶。安藤常因为没有断言佐伯信夫是凶手，所以同样没有矛盾。那么滨野摄影师又如何呢？他承认了自己拍下的照片不是凶手将要举刀刺下的瞬间，而是拔出刀的瞬间。因此说另有真凶也不会牵强，也就是说跟真凶之说没有矛盾。那么山口呢？他也一样，在审判中他的证词是从三楼的窗户往下看的时候，看到佐伯信夫拿刀刺中受害人木下诚一郎。而这份证词变成了他从窗户往下看的时候，受害人已经倒地身亡，佐伯信夫蹲在尸体旁边。这份新的证词跟真凶一说没有矛盾。这一来，剩下的就只有小林启作和三根文子了。"

十津川又一次看向他们二人。

"想想看，只有他们两个人没有更改证词。他们的证词原本就可谓这起案件的源头，如果他们的证词变了，那整起案件都会立不住脚。小林，还有三根文子，你们不想改变自己证词的吗？"

"不想。"

小林瞪着十津川，学着他的腔调答道。

"我和老板娘说的都是事实，没有事到如今才改口的可能。"

"你又如何呢？"

十津川的视线移向三根文子。

文子面色略显苍白，轻轻摇了摇头。

"我也没有要改口的想法。"

"很好。"十津川点点头，"那就再回想一次你们在审判中的证词吧。你们二人的证词是相同的。被害人木下诚一郎和凶手佐伯信夫在酒吧里喝酒时，因鸡毛蒜皮的小事发生口角。佐伯信夫从口袋里掏出弹簧刀恐吓受害人。这时老板娘从他手里拿走了刀，放到了吧台上。至此，冲突看上去好像平息了，可受害人木下诚一郎离开后，佐伯信夫立即一把抓起吧台上的刀从酒吧离开。这就是你们二位的证词，你们没有需要更正的，对吧？"

"没啊。我和老板娘说的都是事实。"

"但是你们应该知道你们二人的证词与真凶一说的假设相矛盾。你们的证词有两个要点。第一点是慢受害人一步离开的人是佐伯信夫。第二点是佐伯信夫抓起放在吧台上的弹簧刀，持刀离开。按真凶之说的假设，紧跟在受害人身后追出去的人不是佐伯信夫。弹簧刀拿在那个人手上，不是佐伯信夫。话已至此，你们还是没有改变证词的意思吗？"

"没有。真凶之说的假设是错误的。"

小林执着地坚持他的主张。

十津川苦笑着说："那就仔细往下分析吧。佐伯信夫不管是在警局还是在法庭上都说因为他喝醉了，记不太清在'罗曼蒂克'酒吧发生的事情……"

说着他看向佐佐木。

"对。他的供词是因为喝醉了，所以几乎什么都记不起来。他还说也不记得跟受害人木下诚一郎起争执一事。"

"那就是说，可以认为其实他们没起过争执。"

十津川一说，小林就叫了一声"荒谬"。

"佐伯信夫跟受害人激烈争吵，这我和老板娘都看到了。再说了，要是真的什么都没发生，那不就不知道受害人被杀害的理由了吗？"

"我没说没起争执。"

"你说什么？"

"我只是说会不会佐伯信夫与受害人之间没有发生争执，并非在否认争吵这事儿本身。我认为受害人跟那个不是佐伯信夫的真凶之间有过激烈争吵。真正的凶手先于佐伯信夫拿走了刀离开酒吧，刺死了受害人。而刀，当然这也是我的想象，是佐伯信夫在喝酒的时候嫌碍事，从口袋里拿出来放到吧台上的。"

"你想说我是真正的凶手？"

小林启作神情紧张地注视着十津川。

"不管是你，还是三根文子都说没有改变证词的意思。若是如此，案发的时候，'罗曼蒂克'酒吧里只有四个人。受害人木下诚一郎、佐伯信夫、老板娘三根文子，还有小林启作。那么先于佐伯信夫用那把刀杀害木下诚一郎的，就是你或三根文子其中一个。根据用刀刺死这种杀害方式，以及千田美知子目击的那个人应为男性这点来看，凶手应该不是三根文子。剩下来的，小林，只有你了。喝醉与受害人发生口角的不是佐伯信夫，而是你吧？"

"胡说八道。我早不是年轻气盛的年纪，也没那么冲动，跟人发生几句口角就要拿刀刺死对方。你的推理跑偏了。"

"那要是发生了更甚于口角的事，又怎样呢？"

"那是什么意思？"

"来到这座岛上，听了你们七个人的证词以及佐佐木的反驳质疑，我也渐渐了解了一年前的凶杀案及审判状况，可还有些地方我委实搞不明白，其中一个就是受害人木下诚一郎的情况。他三十七岁。我知道他年纪轻轻就当上了太阳物产营业课长，是个白领精英。可这个白领精英为什么要到这么一间简陋的小酒吧喝酒呢？"

"这我应该已经说了好多次。他坐出租车偶然经过，看到酒吧的霓虹灯招牌，突然想喝酒，就下了车进来喝一杯。他喝酒的时候是这么跟我和老板娘说的。"

"可是啊,从这条街坐出租车只要再开二十分钟,就能到更加热闹,有高级酒吧和夜总会的繁华地带,可他为什么要叫停出租车下车呢?我认为这个行为跟白领精英的身份不符。"

"人的想法很奇怪。他大概是不经意间鬼使神差地下车进了酒吧,而他无意中走进的那间酒吧里,有一个有一次前科,怀揣弹簧刀的年轻人。这对受害人而言是件倒霉事儿。"

小林耸了耸肩。

十津川又点燃了一根烟。

"我觉得受害人不是偶然去了那间酒吧,而是有什么事儿才特意跑了一趟,对不对?这么想的话,很多事情就都合乎情理了。"

"你说有什么事儿?他能有什么事儿?"

"他是有事找你才来的吧,小林?"

十津川直截了当地说。

这一瞬间,小林那张像老鼠一样的脸似乎扭曲了。

"没这回事。"他提高声调问道。

"可是啊,"十津川吐出一口烟,不厌其烦又说了一遍,"受害人找你有事,才去了那家酒吧。这样想的话一切都合情合理了。"

"我跟受害人之间没有任何关系。我在一家员工不足三百人的小公司每月拿着可怜的薪水,快退休了才总算当上股长。而受害人在太阳物产这家代表日本的大型商社任营业课长,我跟他这样的精英境遇大为不同。"

"你是哪个大学毕业的?"

"我知道了,你在想我们会不会是同一所大学毕业的师兄弟。"

小林干笑了一声。

"可惜你猜错了。我没记错的话，受害人以优异成绩毕业于T大，而我只读到旧制中学校①。我中学毕业就参加工作，之后在中国打仗直到战争结束。受害人应该才三十七岁，他根本就不知道战争吧。就算经历过，大概也是幼儿时期的经历。"

"但是，我认为你跟受害人肯定有某种关系。否则说不通。"

十津川说得很肯定。

小林的脸又一次绷紧。

"你为什么要揪着这事儿不放？"

"我跟你说啊，证词的改变显示出真凶另有其人。而真凶除你以外没有别人，这意味着你和受害人之间若没有任何关系是说不通的。"

"你说我们究竟有什么关系啊？"

"一年前，你即将退休。因为是间小公司，所以给你的离职金应该也不怎么多。我刚才听佐佐木说你断了再找一份工作的念头，选择共同经营酒吧这条路开拓自己的第二人生。那时候你只给了三根文子三百万。虽说你大概不会把离职金全都拿出来，但这大家也能知道不会太多。而说到去年，我想你因为一年后就要退休而心里不安，于是想重新找一份工作。我猜你找受害人木下诚一郎帮你找工作。受害人碍于某种情面，于出事那天晚上到'罗曼蒂克'酒吧来见你。然而受害人自始至终就无意帮你找工作，他只是碍于情面才来，本想一口回绝了就走。你因此怒上心头，拿起佐伯信夫放在吧台上面的刀，紧随受害

---

① 日本战败前，在本国及殖民地面向男子所开设的中学。——译注

人而去。而受害人离开酒吧后，正想拦出租车的时候感到内急。他刚一口回绝了你请他帮你找工作的请求，总不好又返回酒吧借用洗手间。这时他发现马路对面有一条昏暗的小巷，就想在那儿解决一下。而你追在他身后出来的时候，大概正好看到他走进小巷里。于是你也过了马路，进了那条小巷。那个时候你被停车缠绵的千田美知子看到了，可因为千田美知子坐在车里，所以没看到你的脸，想当然地以为那是佐伯信夫，后来才做出那样的证词。你在小巷里追上受害人，恐怕又一次请求他帮你找工作，而且还是对着正在小解的受害人的后背。可受害人又一次一口回绝。你勃然大怒，将弹簧刀插在了小解之后正要拉起裤子拉链的木下诚一郎背上。"

"胡说八道。"小林说。

可十津川不理会他，继续往下说："你一怒之下拿刀插入木下诚一郎的后背，可你本无意杀害他，所以慌忙逃走。你之所以留下插在受害人背上的弹簧刀直接逃走，与其说是为了嫁祸给佐伯信夫，不如说是你当时十分惊慌。这么想比较自然。你心想要是跑到人行道上，可能会让人看见，便从小巷另一侧出来，绕了一大圈后回到'罗曼蒂克'酒吧。估计就在你拿刀刺中木下诚一郎之后，佐伯信夫喝醉睡着后醒来，离开了酒吧。他穿过马路，来到了对面的人行道上。至于他为什么要过马路，如今他人已死，这点也只能想象。或许佐伯信夫跟木下诚一郎一样想到小巷里解手，人一喝醉就会想上厕所。被刺伤的受害人木下诚一郎没有当场死亡，一息尚存的他挣扎着走到光线较亮的人行道上求救，却于这时气绝身亡。那把弹簧刀依然插在他的背上。这时佐伯信夫走了过来。冈村精一和千田美知子二人的证词说只看到一个人从车前经过，由此来看，佐伯信夫是从那辆车的后面，大概是走人行横道过的马路。佐伯信夫看到倒在地上的木下诚一郎吓了一跳。要是一般人大概会报警，毕竟看到了就在刚才还跟自己在同一家酒吧喝酒的男人中刀身亡。可佐伯信夫有前科不算，还无固定住所，他怕自己遭受怀疑，就没打电话报警。岂止如此，他看到尸体背上插着自己那把弹簧刀，还慌忙将其拔下，放入外套口袋里。这个瞬间让滨野摄影师拍了下来。之后的事情我认为正如佐佐木所推理的那样。佐伯信夫被山口看见后逃跑，不是因为他杀了人，而是因为他从尸体身上偷走了钱包。我认为佐佐木的这个推理也是对的。"

"如果小林是真凶，那她又怎样呢？"山口指了指三根文子。

文子两眼放光，盯着十津川。

十津川的视线从小林启作移到她身上。

"三根文子与小林之间的关系，我想不止于酒吧的老板娘和酒客，不对吗？"

"你能别瞎猜吗？"

文子皱起眉。

十津川的唇角浮现一个微笑。

"要是我的说话方式欠妥，那换成你们二人是被利害关系绑在一起的也行。老板娘三根文子想得到小林的退休金作为酒吧的资金，而小林需要她替他做伪证，所以老板娘在警局和法院都和小林统一了口径。作为报答，小林把退休金投资给'罗曼蒂克'酒吧。这么说你可满意？"

"听说你是个优秀的警部，居然无凭无据就把人当成罪犯吗？"小林启作一脸愤然地向十津川抗议。

"虽没有物证，但情况证据充分。如果佐伯信夫不是凶手，那能够用那把刀杀害受害人的，只能是你或者三根文子。"

"你说我由于快退休了，求受害人帮忙重新找一份工作，因为被拒而一怒之下将其杀害？"

"我想不到别的原因。"

"但是，刚才我也说了，我跟受害人之间没有任何关系。谁会求毫无关系的人找工作呢？"

"会不会是老板娘认识受害人，求他帮忙找工作呢？"

一旁的佐佐木对十津川说。

"不会。"十津川立即否定，"如果受害人与老板娘相识，老板娘求他帮小林找工作的话，那就算被拒，按理也不会杀人。因为要顾及老板娘，他大概会压住怒火。他会气得拿刀刺死对方，是因为他与受害人相识，而且单方面认为让其帮自己找份工作也不为过，但对方却一口回绝。小林和受害人之间理应有这样一层关系，我认为是一种所谓情义上的关系。"

"那样的话，我是清白的。"小林露出一口黄牙笑道，"我跟他年龄不同。刚才我也说过了，我只上到旧制中学校，跟他也不是学校里师兄弟的关系。那名受害人于情于理都没道理要帮我找工作。所以，我当然没理由杀他。"

"会是工作上的关系吗？"

"工作上的关系？"小林重复了一遍之后，又干笑一声，"哦，我知道了，你是说我就职的公司和受害人任营业课长的太阳物产有往来，因这层关系我跟受害人认识？"

"不对吗？"

"很可惜，不对。我上班那家公司是家规模中等的不动产公司，跟太阳物产没有任何往来。太阳物产自己旗下有太阳不动产，要买地根本用不上我们公司。"

小林在口袋里翻着，不一会儿掏出一张名片放到十津川面前。

"这是以前的名片。"

的确,那张名片上印着"铃木不动产株式会社 庶务股长小林启作"。

"这你能相信我是清白的了吧?"

小林探究地盯着十津川的脸。

3

十津川的脸上浮现出困惑不解的神色。

是否真如小林所主张的那样,他跟受害人之间没有任何关系呢?

如果是,那他也不可能求受害人帮忙找工作,这就没有了动机。仅仅是因为偶然在酒吧坐在一起,喝醉了吵嘴的话,小林大概不会刺死对方。这要是个血气方刚的年轻人则另当别论,小林是个五十多岁的男人,而且也不是因酒桌上的口角就要杀害对方的那种人。

(这样一来,难道真是佐伯信夫杀的人吗?佐佐木对一干证人的反驳质疑也变得全无意义了吗?而在这座岛上的连环凶杀是丧子的佐佐木的复仇吗?)

不,十津川心想,那不可能。

十津川对自己的推理很有信心。

而且,小林的话突然多了起来,这也让他起疑。

自从来到这座岛上,小林算是不怎么爱说话,不引人注目的一个人。就算自己被怀疑,为了洗清嫌疑,他的话也未免多过头了。

当一个人话说得过多的时候,大都是想要隐瞒什么。人一旦有了弱点,要么一声不吭,要么反而话会多起来。

"你帮我做件事。"

十津川突然看向山口。

山口一脸紧张。

"做什么?"

"酒吧里应该有报道了一年前案件的报纸。"

"嗯。"

"你把那报纸拿来。"

"哦。"

山口点点头跑了出去,很快就拿着一年前的报纸回来了。

十津川一把夺过报纸,一目十行地看过去。

尽管只有短短一行字,但他找到了他想看到的内容。

十津川从报纸上抬起头看着小林。小林用自信的神情回看十津川。

"能不能告诉我你老家是哪里?"十津川用若无其事的腔调问道。

一瞬间,小林的脸色变了。看来十津川的提问正中要害。

"我是东京人。"小林超乎必要地高声说。

"你是土生土长的东京人?"

"是的。"

"这就怪了。我是土生土长的东京人,可你说话带点儿别的地方的口音,应该是东北什么地方的。我的下属里有东北出身的刑警,你们的说话方式很相似。"

"我是在东北出生的,中学毕业之后就到东京来了。这跟案件有什么关系?"

"东北哪里?"

"盛冈。"

"那可不对。"

冷不防摄影师滨野大声说道。

"什么不对?"

十津川一问,滨野向前踏出一步:"我是盛冈的,可这人的口音不是盛冈的。你多半是宫城县的吧?要真的是盛冈的话,那你说一句盛冈方言来听听。"

小林显然很狼狈。

"你为什么要在出生地上说谎?"

十津川用严厉的眼神盯着小林。

小林眼中露出走投无路的神色,他看看十津川,又看看滨野:"好吧好吧,我是宫城县出生的。那又怎么了?"

"应该是宫城县志田郡S村。"十津川一语道破。

小林眼神惊恐地看着十津川。

"是吧?"十津川咄咄逼人地盯着小林。

小林尖着嗓子喊:"那又怎么了?"

十津川拿起刚才的报纸。

"这里是这样写的:'因酒桌上的口角而惨遭杀害的白领精英,其在老家宫城县志田郡S村的双亲失魂落魄地说了如下一番话。'这就能把你和受害人连起来了。你和木下诚一郎出生于同一个村。东北的农村至今仍很讲究人情道义。你借此求受害人帮你找工作,然而对方一口回绝了你。对不对?"

小林突然猛地跪在了土间的地上。

一阵漫长的沉默笼罩四周。良久,小林总算抬起头,一副万念俱灰的表情。

"我和——"小林声音嘶哑地说,"我和木下的叔叔在S村是邻居。我们中学是同级，战争时一起去了中国，同属一个部队。我曾背着脚受伤的他归队。木下是他叔叔养大的。因这层关系，我才把木下叫到酒吧，低声下气地求他在我退休后帮我再找一份工作。他是太阳物产的营业课长，按理说这是轻而易举的小事，可那小子冷漠地拒绝了。不只是这样，他还说我是个没用的老废物。所以我——"

十津川静静地看向佐佐木。

佐佐木呈疲倦之态的双颊微有松弛，茫然自失地望着榻榻米。

SHICHININ NO SHOUNIN SHINSOUBAN
© Mizue Yajima 2021
All rights reserved.
Original Japanese edition published by KODANSHA LTD.
Publication rights for Simplified Chinese character edition arranged with KODANSHA LTD. through KODANSHA BEIJING CULTURE LTD. Beijing, China.
Simplied Chinese edition copyright: 2024 New Star Press Co., Ltd.

图书在版编目（CIP）数据

七个证人 /（日）西村京太郎著；穆迪译 . —— 北京：新星出版社，2024.7（2025.2 重印）
ISBN 978-7-5133-5599-5

Ⅰ . ①七… Ⅱ . ①西… ②穆… Ⅲ . ①推理小说 – 日本 – 现代 Ⅳ . ① I313.45

中国国家版本馆 CIP 数据核字 (2024) 第 067969 号

午夜文库
谢刚 主持

七个证人

[日] 西村京太郎 著　穆迪 译

责任编辑　王　萌
责任校对　刘　义
责任印制　李珊珊
封面绘图　[日] 星野胜之
装帧设计　冷暖儿

出 版 人　马汝军
出版发行　新星出版社
　　　　　（北京市西城区车公庄大街丙 3 号楼 8001　100044）
网　　址　www.newstarpress.com
法律顾问　北京市岳成律师事务所
印　　刷　北京天恒嘉业印刷有限公司
开　　本　910mm×1230mm　1/32
印　　张　8.25
字　　数　100 千字
版　　次　2024 年 7 月第 1 版　2025 年 2 月第 4 次印刷
书　　号　ISBN 978-7-5133-5599-5
定　　价　52.00 元

版权专有，侵权必究。如有印装错误，请与出版社联系。
总机：010-88310888　　传真：010-65270449　　销售中心：010-88310811